長編超伝奇小説
魔界都市ブルース

黒魔孔

菊地秀行

祥伝社

CONTENTS

カバー&本文イラスト／末弥　純
装幀／かとう みつひこ

一九八×年九月十三日金曜日、午前三時ちょうど――。マグニチュード八・五を超す直下型の巨大地震が新宿区を襲った。死者の数、四万五〇〇〇。街は瓦礫と化し、新宿は壊滅。そして、区の外縁には幅二〇〇メートル、深さ五十数キロに達する奇怪な〈亀裂〉が生じた。新宿区以外には微震さえ感じさせなかったこの地震は、後に〈魔震〉と名付けられる。

以後、〈亀裂〉によって〈区外〉と隔絶された〈新宿〉は急速な復興を遂げるが、その街を産み出したものが〈魔震〉ならば、産み落とされた〈新宿〉はかつての新宿であるはずがなかった。早稲田、西新宿、四谷、その三カ所だけに設けられたゲートからしか出入りが許されぬ悪鬼妖物がひしめく魔境――人は、それを〈魔界都市〝新宿〟〉と呼ぶ。

そして、この街は、哀しみを背負って訪れる者たちと、彼らを捜し求める人々との物語を紡ぎつづけていく。あらゆるものを切断する不可視の糸を手に、魔性の闇を行く美しき人捜し屋――秋せつらを語り手に。

第一章　打ち捨てられて

1

その娘と二度目に会ったのは、冬の〈歌舞伎町〉であった。吐く息は白く、時刻は正午を廻ったところだ。

〝二四時間繁華街〟

或いは、

〝不夜魔城〟

と呼ばれる街は、その日に限って、冬に負けていた。

眼と鼻の先でも、人と人の隙間がわかる通りを、観光客や〈区民〉は口数も少なく、物思いにふける表情で渡り、消えていった。路地の入口に坐り込んだ街楽士のアコーディオンが奏でる曲に合わせ、通行人のひとりが詩を口ずさみはじめ、道行く人々は、ふと耳を傾けた。

恋の勝利は短調の調べにのせて歌え
されどその幸せを信じるそぶりも見せず
歌はただ　月光と混じり合う

夜には遠い陽ざしに満ちた午後の路上から、路地のひとつに入って二軒目に、煤けた灰色の壁が目立つ小さなホテルがあった。何年か前に、出入口の上のネオンサインが風でとんで以来、〝ホテル〟と呼ばれている。

その名にふさわしい風体のお客の出入りを見た者はいない。ここのお客たちは、外が苦手らしかった。

その日、秋せつらが訪れた。

吹き込んで来た木枯らしは回転ドアの前でからからと枯葉を廻した。

何処かが錆びついているらしく、ドアはひどく重かった。

照明は充分なのに、ロビーの印象は薄闇に包まれていた。

狭苦しいカウンターの向こうには、キイ・ボックスがあり、真鍮の鍵がぶら下がっていた。意外にも部屋の空きは二つしかなかった。

カウンターとキイ・ボックスの間に、ひどく痩せた女が立っていた。ひん曲がった長い鼻と、ぼさぼさのくせに腰まである髪は、箒でも与えれば、深夜にホテル中をとび廻りそうに見えた。

女は、せつらをひと目見て、へえと発し、何十年ぶりかで頬を染めた。

ロビーには古臭いソファとテーブルが四組並び、枯木のような老人たちが新聞を開き、テレビを眺めていた。画面だけが動いていた。暖炉風の窪みで電気ストーブが燃えている。充分暖かいとは言えなかった。

ロビーの右奥に階段とエレベーターが並んでいた。

せつらは階段を選んだ。エレベーターより仕掛けは少ないだろうし、目的地は二階だった。

〝探り糸〟を放った。

廊下に人影はなかった。ドアは左右に三つずつ。せつらが捜す相手は二〇二号室——右側の真ん中にいるはずであった。

いない、と糸が伝えて来た。

しかし、居場所はすぐにわかった。向かいの二〇五号室のドアが開いている。

そこにはひとりの人間ともと人間がいた。

せつらが入っても、窓際のベッドのかたわらに立ち尽くす紺のジャージ姿の男は動こうともしなかった。

ベッドの三メートルほど手前に丸テーブルが据えられ、赤いガラスの花瓶にライラックの花がさしてあった。春の花だが、この街にまともな〝季節〟は通用しない。

ベッドの上に横たわった娘は、毛布の下から顔だけを覗かせていた。

天井を向いた青白い顔は、こんなホテルでのこんな死にふさわしく、可憐で美しかった。

年齢は二〇前後——一〇代でも通るだろう。頭と肩の下になった黒髪が、少しだけベッドからこぼれていた。

陽光の下で、気まぐれな風がその髪を吹き乱したら、娘に恋い焦がれる者が何人か生まれたに違いない。そして、彼女は死んだ。

「病死だよ」

とジャージの男がダミ声に近い声を出しても、せつらは驚かなかった。

「いつも咳がひどくて、〈メフィスト病院〉へ行けとしつこく言ってたんだが、その気はなかったらしい」

栄養不良による肺炎だ、とせつらは考えた。それから、

「花森陣馬さん？」

と訊いた。

「そうだ。声聞いただけで、なんか、ゾクゾクする。あんたが色男の人捜し屋か？」

「さて」

「そうですと言わない男でよかった。志賀巻の野郎に頼まれたのか？」

「はい」

「なら悪いが、一緒には行けない。あいつのために捕まってやるなんざ、真っ平だ」

「これから連絡を取ります。彼は〈新宿〉にいて、二〇分以内に駆けつけるそうです」

「冗談じゃない」

男——花森陣馬の声に怒気と凄みがこもった。暗い室内で燃える炉の光を思わせた。

「あいつの面なんざ見たくない。次は奴の番だ」

「お好きなように」

「ハードボイルドだね、あんた——他人の気持ちになんか興味はないんだ」

「はは」

「これからって若い女が、こんなみすぼらしいホテルのベッドで、病んだ挙句に独りで死んじまった。おれが来たのは死んだ後だ。いつ会っても死人のように美しかったが、もう少し生きたかったんじゃないのかな」

「三人死んだ」

　とせつらは言った。たちまち花森が、

「志賀巻の倅二人と用心棒だ。この女と違って、この世にいないほうが絶対にいい奴らだ。おれに看取られて逝けただけ、ありがたいと思え」

「たぶん、思いませんが」

　せつらは携帯を取り出した。最初のキイを押したとき、廊下の反対側――二〇三号室のドアが開いて、足音が二つやって来た。

「お姉ちゃん、駄目？」

　せつらの隣で、一〇歳くらいの男の子が涙声で訊いた。花森がうなずいた。

「ああ。もう死んでた。よく見つけてくれたな。ありがとうよ」

「お姉ちゃん、可哀相」

　この場に最もふさわしい言葉を放ったのは、男の子の少し後ろに立つボブカットの娘だった。顔立ちや身体つきからして妹だろう。涙を拭いながら、

「母さんが警察に電話しました。すぐお医者さんが来るって」

「そうか。よかった。お姉ちゃんがいいところへ行けるようお祈りしてあげろ。行ってらっしゃいってな」

　花森の声は優しかった。意図的に作ったものでも、死がそっと強制したものでもない。そういう人間なのだろう。

「善人」

　とせつらはつぶやいた。

　うん、と答えて少年が前へ出た。

　刹那、せつらの全身は硬直した。

　はじめて、花森がふり向いた。

深夜の〈歌舞伎町〉でも充分に生きていけそうな精悍な顔立ちであった。鋭い眼差しと強い眼光がせつらを貫いた。

「少し我慢してくれ。この子にゃ頼んであったんだ。行ってらっしゃいと言ったら、誰でもいい、近くの人の影を踏めってな」

影を踏めば本体も自由を奪われる――〝影踏み〟の妖術であった。簡単に身につけられるため、交差点での暗殺によく使われる。〈新宿〉の交通は歩行者になど関知しない。赤になっても立ちすくんでいれば、たちまち撥ねとばされる。

しかし、術者自らが、ではなく、まったく無関係な子供にかけさせるとは、せつらの油断であった。

「おれにはまだやらなきゃならないことがある」

花森は両眼を閉じて言った。頬は赤く染まっている。その顔を見た者は決して逃れられないせつらの魔法だった。

「眼も見てしゃべれないくせに、ひとつ頼みがある。この娘さんのことだ」

死者のかたわらの窓が、かすかな音をたてた。風だろう。

「縁もゆかりもないんだが、おれが見送るのも何かの縁だ。あんたがやって来たのもそうだ。たぶん、〈区外〉から来たんだろう。身寄りがいるかどうかもわからない。ここに有り金を置いて行く。よかったら、あんた葬式を出してやってくれないか？」

「名前は？」

「知らん」

「へえ」

「訊きもしなかったし、向こうも言わなかった」

「なのに葬式を？」

「ま、いいじゃないか」

「わかった」

と言った。

「ありがたい」

花森はジャージの胸ポケットからカードを取り出し、手探りでせつらの手を取って握らせた。

「それじゃ、おれは行く。坊やたちありがとう。お兄ちゃん、お蔭で助かったよ」

花森は出て行った。少年と少女がせつらを見上げた。

「何してんの？」

と少年が訊いた。

「いろいろとね」

「ふうん」

秋せつらを金縛りにした犯人は、後ろめたさのかけらもない眼差しを当てた。

〝影踏み〟の効果が切れたのは一分後であった。せつらは下へ下りて、フロントの女に娘の死を告げた。

女は歯を剝いた。

「こういうのがいちばん困るんですよ」

汚いものを吐き出すように言った。憎しみがこもっていた。恐らく世の中のものすべてに対して同じ感情を抱いているのだろう。

「ここへ来たときから、ヤな予感がしてたんですよ。ああいうタイプは見りゃあわかるんだ。何かロクでもないものが憑いてて、一生離れやしないんだってね。ここ半月くらい、見る見る痩せ細って、しょっ中おかしな咳をしていてねえ。部屋は清潔だったけど、それしか取り得はなかったんですよ。せめて他所で死んでくれりゃあよかったんだけど、ま、さっぱりしましたねえ」

「いつからここに？」

せつらは女を見つめた。

「半年くらい前からです。うちはどういう理由か長期のお客さんが多いんですよ。夏の盛りだってのに、妙に寒い晩でした。それでよく覚えてるんです」

娘の名前は、時雨千瀬と言った。一〇日分を現金で支払ったという。カードを持っていないか、そこから足がつくのを恐れたのだ。

「いつも現金で一〇日分。こりゃ訳ありか風俗だと思いました。けっこう美人でしたから、お客はついたでしょうよ」

身寄りはわからない。手紙を含め、郵便物の類は一度も来たことがないからだ。

訪問者はいた。女がエレベーターで屋上から下りて来たとき、千瀬の部屋の前に立つ男を見かけたのだ。

身長は一七〇くらい。ソフト帽にサングラス、ご丁寧にマスクまでして、ひょっとしたら有名人ではないかと疑ったこともある。女の知る千瀬への訪問者は、その男ひとりきりだった。

千瀬を風俗嬢だと判断した理由は、生活時間帯にあった。

出かける時間は早朝、昼近く、午後遅くとまちまちで、陽が落ちてからのこともあったが、帰りはほとんど朝から昼にかけてだったのである。

「泊まりなんかしょっ中ですよ。夕方の四時すぎに戻って来たと思ったら、一時間もしないうちに着替えて出てくんだから。見かけは細いのにタフでしたねえ」

着替えの服は、しかし、地味なスーツばかりだった。これだけは女も首を捻った。

「よくあれで風俗がやれるもんだと思ってましたよ。普通の格好ったって、あの連中は違うじゃありませんか。それが、化粧っ気もなくて、朝だったら、まともな会社のOLさんかと思いますよ。ああ、すぐ部屋を消毒してもらわなくちゃ。ただの肺炎ならいいけど、似たようなおかしな病気に感染してたら大事だわ」

せつらは眼の前の女に、少し殺意を感じた。

〈魔界都市〉で女がひとり死んだ。看取ろくに訪れる者もいない安ホテルの一室で、看取られることもない——他人がそれをどう言うかわからないが、二人の子供がお姉ちゃん可哀相と泣き、男がひとり、葬式を出してやってくれとカードを置いて去った。

いつの間にか消えたのでもない、妖物(ようぶつ)の餌食(えじき)になったのでもない、殺人犯の手にかかったわけでもない。静かにベッドの上で亡くなった。

「いいところへ」

花森が子供たちに投げた言葉をせつらは口にした。

「あとはよろしく」

と女に告げて背を向けた。

ドアを開けるや、木枯らしが吹き込んで来た。二階まで届きそうな勢いであった。

戸口を抜けるとき、

「寒いのお」

ロビーのほうから嗄(しゃが)れ声(ごえ)が上がった。

「もう寒くは」

つぶやいてせつらは外へ出た。胸の中のつぶやきであった。つぶやきの理由はわからない。

2

二日後の正午過ぎ、〈新宿署〉の死体安置室(モルグ)に、いつ見ても気を失いそうになる訪問客があった。

鑑識課の横田(よこた)は必死で網膜(もうまく)に灼(や)きついた美貌(びぼう)を消そうとしたが、それはこれから数週間、離れないぞと宣言していた。幻のような客へ、

「幾(いく)ら出す?」

と訊いた。夢中のような、ふらつく声であった。

殺風景(さっぷうけい)なデスクと白衣姿を、辛気臭(しんきくさ)い陽光がぼんやりと包んでいる。

「寸志(すんし)」

とせつらは答えた。

「相変わらず、しっかり者だな――どれの死因だい?」

横田は、奥の保管庫のひとつに顎(あご)をしゃくった。

「二十歳(はたち)くらいの女子」

「四二号か。一昨日(おととい)の分なら奥だ」

横田はデスクから立ち上がり、奥から二つ目の保管庫の前へ行った。五メートルを超す保管庫は縦横一〇個ずつのコンテナが収容できる。

右端の列の下から二番目——立ったまま扱える位置だ。

「見るかい?」

とレバーに手をかけて訊いた。

「いや」

「へえ。いい女だけどなあ。死因なら栄養不良による肺炎だ。こういうまともなタイプにゃあ、珍しい。財布にゃカードの他に一〇万近い現金が入っていたから、病院なんかいつだって行けただろうに。生きる気がなかったのかな」

雨の音がいつまでも鳴っていた。

スツールにかけた女は、それに聴(き)き入っているように見えた。髪は腰と肩の中間までしかなかった。


「捜してたら、死んでたって口かい?　いくらあんただって、そういうこともあるだろう?」

美しい沈黙が解答に気づかせた。

「ん?　違うのか?　知り合いが死んだってのか?」

「いや」

「じゃあ——誰なんだよ、この女?　あんた、何しに来たんだ?」

せつらは答えず、

「半月後?」

と訊いた。

「——何だ?　あ、そうだ。運ばれたのが昨日だから、一四日後だよ」

その日までに、引き取り手がなければ、千瀬は火葬に付される。

「じゃ」

せつらは背を向けた。

金は？　と言いかけ、振り込みだったことを横田は思い出した。

　室内が急に水没したように感じられ、せつらがいなくなったからかと思った。

　窓がかすかな音をたてている。

　ガラスは灰色に煙っていた。絹糸のようなすじが絶え間なく引かれていく。

「雨か」


〈新宿三丁目〉のカフェ・バーに入ったとき、客はひとりしかいなかった。

　ちら、とこちらを見上げた髭だらけの顔が、みるみる紅く染まる。カウンター内のマスターやウエイトレスは素早く顔をそむけたが、すでに魔法にかかったと、同じ頬の色が告げていた。

　テーブル席は四つ、カウンターは五席。せつらはカウンターの右端について、

「カフェ・オレ」

　と言った。

「コーヒーにしませんか？」

　とマスターが言った。

「は？」

「そうです。ブラック」

　とウエイトレスが、押した。

「は？」

「いえ——何でも。失礼しました」

　マスターはすぐ正気を取り戻したが、ウエイトレスはそうはいかなかった。

「ブラックで決めてください。きついの一杯——きっとお似合いだわ」

　赤く染まった顔の中で、恍惚と溶けた眼が、せつらを映していた。

　これで当分、彼女は何ひとつ手につかず、美しい客の白昼夢を見つづけるだろう。

「お久しぶりです」

　マスターが水の入ったグラスを置いた。

「え？」

「忘れるもんですか。そのお顔――美しすぎて細かいところは覚えてないんですが、こんな顔の持ち主は、世界にあとひとりしかいません。来てくださって嬉しいです。『世界一美しい男性が来る店』って広告出そうかと思っているんですよ。ＯＫ貰えませんか？」

「ノン」

　目立ってはならない仕事である。だが、せつらの場合、美しすぎて、細かい部分は記憶に残らない。脳がそのための能力を有していないのだ。写真を見た人々は瞬時に美しさに記憶を塗りつぶされ、どんな顔立ちかなど忘れ果ててしまう。それをノン、と応じるのは、お体裁だろう。

「残念」

　マスターは思いきりよく諦めた。考えてみれば、美しすぎて祟りでもあると困る。

　ひとりが行くと、ひとりがやって来る。

　テーブル席の客である。隣のスツールにかけて、持って来たグラスを置いた。ジンの匂いがせつらの鼻を衝く。

「いい男だな、あんた」

　と切り出した。

「あっち系？」

　とせつら。男も、普通に見ればそれなりだ。

「とんでもねえ。噂に聞いたことがある。〈新宿〉にゃあ、どえらい色男の探偵がいるってな」

「人捜し屋」

「それだ。捜してくれ」

「？」

「おっと、そうだったな。女なんだ。凄え別嬪で、誰でも女房にしたがる。ところが、した途端に一日だって安心して放っちゃおけなくなっちまう――それくらいいい女だ」

「それはそれは」

　せつらはさして面倒くさそうでもない。

「捜してくれ」

「それでは、何も」

「そりゃ、そうだ」

男はうなずいて、上衣の内ポケットに手を入れ、あれ？　という表情になった。他のポケットを上から叩き、ジン臭い息を吐いて、

「そうだ、ねえんだ」

「名前は？」

「美里だ。呉美里」

年齢は二〇、〈区外〉のOLだった。二年前に〈新宿〉へ来た。

「理由は？」

「おれが騙したんだ」

「はあ」

「おれは、あの娘と同じ会社に勤めてた。あの通りの美人だ。他の野郎に手えつけられる前にと、ちょっかいを出したら、すぐにいい仲になれた。しかし、おれは遊びのつもりだった。婚約者がいたんでな」

「やれやれ」

せつらを知っている人間が同席していたら、眼を丸くしただろう。この美しい若者が、感情を露わにするとは。

「――おれの仕打ちが、あの娘にどんなダメージを与えたか、おれは考えもしなかった。一八の娘だ。傷ついてもすぐ治る、と考えた」

しかし、娘は彼の意に反して会社を辞め、アパートも引き払った。

「消えちまったんだ。おれはとんでもないことをしたと震え上がった。別れてから、どんなに大事な相手だったか気がついても手遅れだ。婚約者に打ち明けたら、放っときなさいよと返って来た。おれは婚約を解消し、彼女を捜した。会社はすぐ馘になった。婚約者は社長の娘だったんだ」

男の眼に光るものがあった。酔いのせいかもしれない。

「それから捜しまくって、ようやく〈新宿〉にいるのを突き止めた。おれも駆けつけたよ。だが、それまでだった。夢から醒めたように、あの娘、きれいに消えちまった」

雨の音が高くなった。

「おれも一年前、この街へ移った。それしかできなかった。捜し廻ったが、どうしても見つからねえ。それが、昨夜、偶然入った呑み屋の女将と話してたら、同じような年格好の女を、この店で見かけたって言うんだ。かなり詳しく見てくれを話したから、間違いねえって。それで、今日来てみたんだ。けど、出て来やしねえ。夜まで粘って明日またと思ってたら、あんたが来た。こんな状況で〈新宿〉一の人捜し屋と会えるなんて、神のお導きよ。そうでなきゃ何かの縁だ。頼む、引き受けてくれ」

「曖昧すぎる」

だが、呑み屋の女将がここで娘を見たと証言したのは、男が語った彼女のイメージによる。

「そうか。そうだよな」

男は肩を落とした。

「けどなあ」

「ちょっと」

第三の人物が介入した。

「今の話の女――たぶん、うちに来てたよ」

「え!?」

男が独楽のようにマスターをふり返り、せつらがゆっくりと続いた。

「お待ち」

とせつらの前に、マスターはミルクとコーヒーの香りがせめぎ合うカップを置き、

「お客さん――似顔絵描いて見せたら?」

こう言って、カウンターの奥から、レポート用紙とサインペンを持って来た。

よし、と男はペンを執り、少し考えて描きはじめたが、たちまち、

「駄目だ」

と置いてしまった。抽象画のような女の顔を見て、マスターもうなずいた。

「残念」

せつらが湯気の立つカップを上げた。

「おれが描いてみようか?」

マスターの手はもうサインペンを握っていた。

「お、おう」

男の困惑の眼差しが、ペンの動きを追うにつれて、驚きに変わっていった。

「どうだい?」

薄い横線が入った顔を、二人の客は長いこと見つめていた。

「上手いねえ、マスター」

と言ったのは、覗き込んだ三人目——ウエイトレスだった。

「昔、絵やってたの?」

「一応、美大だ」

「へえ」

「美里」

男がつぶやいた。

「間違いない。これは美里だ」

「よく、ここへ?」

せつらが訊いた。

「一時期——半年くらい前まで、けっこう頻繁にね。いつもカウンターの反対側の隅に坐って、ジン・ライムを飲ってたよ」

「連れは?」

男が訊いた。

「誰も。おれの知る限りはいつもひとりだったよ。確か——八時くらいに来て、二、三杯飲んで店仕舞いだと声をかけるまで、そこにいるんだ。綺麗な女だから、隣の客や、わざと隣に来た客が声をかけるんだけど、一度も応じたことはなかったな。何か訳ありだったんだろうが、そういう女は幾らでもいるからねえ。声をかけるまで動かないんだ。帰りたくなかったんだろう。帰るところがないとは思えなかったからね」

少ししみじみと言ってから、マスターはふと、空中を見つめ、

「そう言えば。おれが留守してたとき、〝水男〟がやって来たことがあったらしい。そのとき、この娘とは別のウエイトレスが目撃したんだが、入口から奴らが入って来ても、表情ひとつ変えずに、飲んでたってよ」

「〝水男〟って、あんた」

男の眼が吊り上がっていた。〝水男〟〝水女〟といえば、ここ数年のしてきた妖物の一種で、最も性質が悪いと言われている。

「いつもは雨がひどくなると、店仕舞いしちまうんだけど、その日に限って鍵をかけ忘れたんだな。ウエイトレスが気がついたときには、身体中水で出来てるみたいなブヨブヨ男が三、四人、入って来たそうだ。ウエイトレスは、ぎゃあぎゃあ泣き叫んだが、お客の女は少しも騒がず、ジンをちびちび飲ってたそうだ」

「まるで自殺じゃねえか」

男が呻くように言った。

3

〝水男〟はその名のごとく、溺死人のようにぶよついた青黒い妖物で、全身の毛穴から水をしたたらせながら徘徊し、犠牲者を生きたまま水中に引きずり込んでしまう。この場合、水中というのは彼らの身体のことで、抱きつかれたら最後なのである。

しかも、〝水男〟は銃で射たれても死なず、倒すには焼くか、その身体をバラバラにするしかない。

ウエイトレスは、護身用のミニ・ガンを射ちまくったが、弾丸はすべて、小さなしぶきを上げて貫通した。

水音をたてながら近づいて来る水死人の無気味さ

に、ウエイトレスは失神した。その寸前まで、女性客はおぞましげな視線を送っただけで、ジン・ライムのグラスを傾け、葬送曲と化したBGMにひっそりと耳を傾けていたのだった。

「ウエイトレスが気がつくと、店の中には誰もいなかった。女の客は勘定(かんじょう)だけ置いて出て行ったんだな。ショックのあまり、ウエイトレスは少し頭がおかしくなって、しばらく入院してた。失神する前の記憶もあまり確かじゃないらしい。警察の調査によると、もうひとり客がいたらしいんだが、記憶にはないし、〝水男〟がやって来る前に出てったかもしれんということになった。その女性客の顔が、あんたの捜してる人とそっくりなんだよ」

男は似顔絵をレポート用紙から剝(は)がして、せつらに押しつけた。

「頼むよ、な？」

「僕の連絡先は？」

「引き受けてくれるのか、ありがてえ!!」

男の顔が喜びにかがやいた。それから、

「知らねえ」

と言った。

せつらは名刺を一枚渡した。

「あとでこの番号へ連絡を」

「お、おお」

男はとまどいながらも、笑顔になった。

やや飲みやすくなったカフェ・オレを半分ほど飲んで、せつらはレジへと向かった。途中で足を止め、空中へ眼をやって、

「これは、店のセレクト？」

と訊いた。BGMのことである。

「いいや――こちらのリクエスト」

マスターが向いた先には、男がいた。

「AFTER YOU'VE GONE」――〝君去りし後(のち)〟

せつらは黙って外へ出た。

雨はまだ降り続いていた。

「わしはこのところ、枕を高くして眠れんのだ」

狐を思わせる細面が、悲鳴のように甲高い声を上げて喚いた。

　眼の前にいる美しい顔を見ないように罵倒するのは、途轍もない努力を必要とした。自然と吸い寄せられてしまうのである。そして、チラ見で見てしまったら、クライアントも何も崩壊が待っている。

「あいつは恐ろしい化物だ。おれの倅を殺したときも、全身に一〇〇発近い弾丸を受けながら、空をとんで逃げよった。今すぐにでも見つけ出して始末せねば、寿命が縮まるばかりだ。ストレスで心臓や脳がやられ、癌にだってなりかねん」

「ごもっとも」

　せつらは、返事にもならない返事をしてのけた。〈西武新宿駅〉を呑み込む〈新宿プリンス・ホテル〉の一室である。

　あのバーを出てからすぐ、志賀巻から連絡があったのだ。

「見つかったか？」

「いえ」

　それだけで、依頼人は頭に血を昇らせた――が、どうにもならなかった。

「君は〈新宿〉一の人捜し屋と聞いた。なのにまだ見つからんのか？」

「残念です」

「それがプロの返事か？」

　志賀巻は明らかにキレていた。役に立たぬ人捜し屋へ、弾丸を叩き込みたいところであったろう。だが、彼は魔法にかかっていた。絶対に見ないと自分に言い聞かせても、自然と吸いついてしまう。克己心の異常に強い人間だけがそれに耐えられる。だが、見ずにはいられない。チラ見になる。それだけで魔法には充分なのだった。

「で、いつ捕まえられるんだ？」

　どうしても詰問は腰砕けになってしまう。

そして、せつらは、

「見つけるだけです。捕まえはしません」

と応じる。自分の力を知り腐っているとしか思えない言い分だ。

「わかっている」

と、志賀巻は思っているのとは裏腹の内容を口にした。

「とにかく、一刻も早く捜し出してくれ。始末はこちらでつける」

「よろしく」

せつらが出て行くとすぐ、隣室のドアが開いて、分厚いサングラスをかけた男女が三人現われた。

「どうだ?」

志賀巻の問いに、リーダーらしい長身の男が、

「大丈夫です。この眼鏡(めがね)は、対象のオーラ・パターンを特定しますから、真正面からあいつの顔を見ずに戦うことができます」

「花森の居場所を摑(つか)めばもう用はない。あいつの始末も任(まか)せるぞ」

三人は一斉(いっせい)に笑った。

依頼人のはずの志賀巻が、全身から血の引くのを感じた――そんな笑いであった。


せつらは「〈歌舞伎町〉管理組合」のオフィスを訪れた。

二四時間〈歌舞伎町〉を監視しているカメラの記憶チップをチェックするためである。監視カメラにはもう一種――〈区〉が設置したものもあるが、これは「管理組合」の五〇台に比べて約半分、しかも解像度が低い。予算の差だ。

無論、関係者以外のチェックなど許されるはずもないが、担当者は人間である。せつらの顔を一瞥(いちべつ)しただけで、好きなだけ見てくれと言うのはわかりきっていた。

小一時間ほどで、せつらはちっぽけな呑み屋に入る花森の姿を、モニター内に見ることができた。一

昨日の午後六時。

あとは簡単だった。その花森の姿を、モニター内のコンピュータにインプットすれば、チップ内に記録された他の花森の姿が、一斉にスプリット・スクリーンで表示される。

せつらが幾つを期待していたかはわからないが、少なくとも大幅に裏切られたのは確かであった。ふたつきりだったのである。

他所のカメラのチップ・チェックもしなくてはならないかとうんざりしたが、せつらはそれらのシーンに注目した。


その日の午後九時過ぎに入って来た客を見て、呑み屋「がらだま」の親爺は眼を剝いた。しばらく剝きっ放しになった。瞼が下りたとき、客は彼の前のカウンターに腰を下ろし、やくざ、暴力団を問わず、ふざけた客は叩き出す剛の者と知られる親爺は、顔も精神も恍惚と溶けていた。

「ビールと蛸の塩辛」

黒いコートに身を包んだ客の低い声での注文も、親爺は半ば喪神状態で作り上げた。

客がビールには手もつけず、肴のほうをひと口やって、

「美味しい」

と感想をのべた瞬間には、感動のあまり本気で倒れそうになった。

かろうじて持ちこたえたところへ、

「この人知ってます？」

と、サービス判サイズのデジタル・プリントをカウンター越しに差し出された。

「わからねえ」

正直に答えた。まったく記憶にない。

「これでも……夜は忙しい店でね。……いちいち客の顔まで……覚えちゃいられねえ……よ」

「困ったな」

客は小首を傾げて、奥さんにも、と要求した。残

念ながら、親爺の妻は、客を見た途端に業務用炊飯器にもたれて、すすり泣いていたし、倅は親爺と同じ状態で立ち尽くしていた。

——今晩は休みにするか
と親爺がぼんやり考えたとき、

「あら？」

これも呆けた声が、せつらの隣で親爺の手にしたプリントを指さした。

「この人——知ってるぅ」

ヘナヘナと叫んだのは、せつらの左隣に並んだOL風であった。もうひとり仲間がいる。

「お知り合い？」

せつらに見られて、OL風は陶然とかすんだ眼を見開き、首をゆっくり横にふった。

「二回、会ったきりよ。でも、二回とも隣同士だったけど」

「へえ。何か話した？」

「観光客だって言ってたわ。信用しなかったけど」

「どして？」

「感じがこの街にぴったりだったもの。何だか疲れてて寂しそうで、そのくせ、こっちがすくみ上がるみたいな迫力があったもの」

「寂しそう？」

「よくわからないけど、大事な相手を失くしちゃったとかさ。あれは相当キツい目に遭ってる顔よ」

言葉の主は、二〇歳になったかならないかだ。それでもわかるのだ。この街で暮らす人々には、この街で生きる人々の過ごした日々が。

「名前は？」

「そんなもの訊かないわ。あたしたちだって名乗らなかったもの。野性的でいい男だったわよ。あなたには到底及ばないけど」

「ふむふむ」

「でも、もう来ないわね」

仲間が言った。

「どうして？」

「雨がひどいから――って、嘘よ、カッコつけ。今日から酒を断つって言ってたの」

「今日から？」

「日にち要る？」

「要る」

二人目の女は眼を細めて、両手の指を小刻みに動かしはじめた。記憶を辿っているのだ。すぐにやめて、

「一六日――今日から二日前よ」

「ありがとう」

せつらは親爺に確かめたが、やはり覚えていないと首を振った。

糸は切れた。

「よく行く場所とかは？」

「あなた――探偵さん？」

とひとり目が訊いた。

「近い」

二人は顔を見合わせ、殆どしゃべらなかったよねと、うなずき合った。

「それじゃ」

せつらはあっさりとスツールを下りた。

「あ」

二人目が、宙を見て低く叫んだ。

「え」

せつらがふり向いた。

「参考になるかどうか知らないけど――コーヒーの匂いがしてたわよ」

「コーヒー？」

「あたし気がつかなかったわ」

とひとり目が異議を唱えても、二人目は聞かず、

「あんた離れてたからよ」

「そうか」

「あたし、ルーマニアの男と寝たことあるけどさ、凄いチーズの臭いがするの。もう体臭よ。彼もそれくらいコーヒーを飲みっ放しだったんじゃない？」

その通りだ。だが、コーヒーを出す店なら、この

通りの近くだけでも何十軒とあるだろう。藁(わら)の山に落とした針を捜すのに等しい。

　戸口を抜ける前に、せつらはふり返り、ＯＬ風と親爺に小首を傾げて見せた。

　親爺はよろめき、ＯＬたちは硬直した。

　その日、店が臨時休業の看板を出したことを、せつらは知らない。

第二章　商売敵（がたき）

1

この瞬間にいるかどうか、せつらにも確信はなかった。いたら、もったいない——確率と損得勘定の問題だ。

午後一〇時を廻った〈新宿三丁目〉のコーヒー専門店「サンテス」であった。

ウエイトレスがコーヒーを置いて去った。

この店のブレンドは、〝〈新宿〉一〟だと、口コミでもインターネットでも断言する連中が多い。

店内にはコーヒー豆の香りが濃厚に漂い、これ見よがしに店の中央に設置された焙煎釜からこぼれるコーヒー豆を、店員が箱に受けては奥へ運んで行く。コーヒーミルの作動音が、流れて来る香りをさらに引き立てるようだ。

店自体もかなり広い。テーブル席のみだが、五〇は下るまい。

せつらはドア寄りのボックスに着いていた。

〈新宿〉の店の常で、まともな格好の娼婦たちが、ちらと獲物を物色する眼で、入って来た彼を見つめたが、たちまちとろけてしまい、その席に近づく者すらない。

普通のコーヒー専門店でも、軽いサンドイッチかクッキー、ケーキの類は出すものだが、ここでは何もない。客はコーヒーの香りを味わい、ゆっくりと中身を愉しんで帰る。

おかわりをする客もいるが、ブレンドを頼んだ客は必ず一杯きりだ。それだけをいつまでも味わっていたいからだという。

ひと口飲って、

——確かに

せつらも認めざるを得ない味であった。

「待ってみよ」

満足の声が湯気を押しやった。

〇時を廻っても客の出入りは絶えない。

ブレンド一杯で二時間ねばるのは、迷惑な客に違いないが、せつらに文句をつけるスタッフはいなかった。近づくとおかしくなるのである。

上司とOLらしいカップルが出て行き、ひとり入って来た。

サングラスとマスクで顔を隠しているが、せつらの眼には、その下の顔をたやすく組み立てることができた。

花森に間違いない。

彼は戸口で店内を見廻した。せつらと眼が合った。一瞬ためらい、しかし、すぐに歩き出した。

足を止めた席は、せつらのボックスだった。

「いいかい？」

落ち着いた声で訊いた。

「いくらでも」

花森は真ん前に腰を下ろした。

「久しぶりだね」

かけて来た声は親しげだ。せつらはコーヒーカップを持ち上げ、

「わかった？」

と訊いた。

あの娘の部屋で、彼はせつらの顔を見ないまま去ったのだ。

「ああ。あそこにいたときと同じ感じがしたもんでね」

「へえ」

「この街へ来てすぐ、戦闘用の改造手術を受けたんだ。違法手術だが、こんなに簡単にスーパーマンになれるとは思わなかった。金もかかったが、何とかなった」

「強盗？」

せつらは、とんでもない質問をした。簡単な手術でも、人体改造——超人化には、とんでもない金がかかる。平凡な人間の貯金でまかなえる額ではあり得ない。手っ取り早い金儲けの手段は、超人化による犯罪だ。

「そんなことはしていない。道路工事に、建築現場に爆弾処理――〈区外〉にいたときは考えもしなかった仕事をしたよ」

時折、せつらもそれらの現場を覗いたことがある。

油圧ショベルが破壊するビルの外壁を、ひとりの人間がその何倍もの速さでぶち壊し、数十トンの瓦礫を掴んでは数十メートル先の処分場まで放り投げ、数トンの鉄骨を一〇本二〇本も抱えて、足場から足場へと飛翔する。まともな作業員たちは、感嘆と軽蔑の入り混じった眼でそれを眺めるしかない。彼らこそ改造人間だ。

犯罪者の爆弾処理の場合こそ、彼らの出番である。分厚い防御服も作業用ロボットも不要な彼らは、平然と無効化作業を行ない、九〇パーセントの成功率を誇るが、真価を発揮するのは、言うまでもなく、失敗した場合だ。ビルひとつを吹きとばす衝撃と圧力と高熱にも難なく耐えて、次の任務を求める彼らは、ある意味「戦場」とも呼べるこの街の平和維持部隊なのであった。極端な例では、報酬は
――

「一日一億」

とせつらは、茫洋と言った。

「生命懸けだから、当然。一〇日も働けば」

C級改造が可能になる。ひと月、爆弾の脅威を生きのびれば、特A級も夢ではない。改造医師たちが、後払いでも希望を容れるのは、このためだ。

当然、不払いの逃亡を企てる不埒者も出るが、それは不可能だ。手術時に〝足枷〟として、神経毒や爆薬を仕かけたカプセルが埋め込まれるのは常識だからである。

「立派だが、ここでお仕舞い」

とせつらは言った。

「もう志賀巻に連絡は取ったのか?」

「いや」

「なら、おれは逃げさせてもらう」

「もう少し遅らせる」

花森は訝しげな表情をこしらえた。

「ブレンド」

と言った。

「はい」

ちょうどやって来たウエイトレスが、花森の前に水の入ったグラスを置いてから、うなずいた。

ウエイトレスが去ってから、

「どうしておれがここに来ると踏んだか、分かったよ。コーヒー好きだと、誰から聞いた？」

「お友だち」

また訝しげな表情へと戻った花森へ、

「モテるなあ」

この若者の素直な感想は珍しい。

「おしゃべりな友だちか」

花森は皮肉っぽく言ったが、声は笑いを含んでいた。

「だが、おれはあんたと志賀巻のところへ行くことはできない。奴には、もっと地獄を味わわせてやらなければ気が済まんのだ」

「手強いのが多いよ」

「たかが、〈区外〉の殺し屋ごとき」

「この街は幾らでも金で雇える。職業だけじゃない。まともな顔した殺人マニアが集まってる」

〈新宿〉の無気味なところはこれだ。

あるルートを辿れば、まともな人間が一夜のうちに、血に飢えた殺人鬼に変貌する。

誰もが毒にも薬にもならないと認める凡人や、尊敬を集める人格者が殺人者に変わる事例は〈区外〉にも事欠かない。

そんな精神の闇を深奥に抱えた連中が〈魔界都市〉にやって来る。闇に支配を任せて凶刃をふるうならまだしも、望んで悪霊邪霊に憑かれ、地獄の力を手に入れた結果がどうなるかは、〈新宿TV〉で日ごと夜ごとに伝えられる大量殺人や大虐殺が証明するところだ。

加えて、自らの肉体を人工的に兵器に変える輩がいる。

〈新宿〉の人体改造術が、いまだサイボーグ化さえ軍事機密に留まる〈区外〉の五〇年は進んでいる事実は、皮肉なことに、〈新宿〉生え抜きの医師たちより、〈区外〉からの流入者に支えられている部分が大きい。

ナチの狂医師たち、七三一部隊の良心が欠如した医師団が種をまき育んだ白衣の碩学たちは、続々と〈新宿〉を訪れ、彼らの技術と才能とを暗黒の深淵へと捧げた。見返りは、闇の技術だった。彼らは廃墟のみならず、〈安全地帯〉の中心に診療所を築き、患者たちを受け入れた。患者たちも狂っていた。

かくて——凝視によって他人を操る〝操人眼〟や、鋼の刃と変わる〝双腕剣〟、相手に憑依しては、その肉体を貪り食らう〝人面瘡〟等々、人間が抱く子供じみた、それ故、邪悪の頂点を極めた妄想が、次々と現実化していった。

訪れる患者たちの中には、手術代を負担できるはずもない若者たちもいたが、多くは望みを叶えた。医師たちは、世界を破滅させかねぬ妖人たちを造り出すことに、良心の呵責を感じるどころか、歓喜していたのだ。

若者たちは、恐るべき犯罪を成し遂げると、平然と〈区外〉へ戻り、知る者たちの疑念を招かぬいつも通りの優等生として過ごした。そして、体奥の暗い衝動に駆られたとき、再び〈新宿〉を訪れるのだった。

「奴らは自分の身も危ないことなど考慮に入れてない。ただ殺人を愉しむためにやって来る。端金で、いや、報酬なしでも人を殺せればいいんだ」

こう言ってから、

「危ない」

と締めくくった。

「来るなら来ればいい。おれは殺られやしない」

花森は凄みのある声で言った。凄みを支えているのは決意であり、決意を構成しているのは憎しみであった。

「あのお」

無論、この二人の声ではない。左隣のボックス席からのものだ。

にやけている分だけ、はしっこそうな痩せぎすの男が、パナマ帽を持ち上げて、

「私こういう者ですが、話を聞かせてもらえませんか?」

ソファの背越しに名刺を二枚、二人に差し出した。

〈魔界都市〉一の用心棒

サン・雷人

住所と携帯の番号がついている。

「本名かい?」

花森が疑わしそうに訊いた。

「まさか。どんな闇にも光を当てるって意味――ま、象徴主義ですな」

恥ずかしげもなく答えた。陽灼けした肌の艶光りは、毎朝、手入れを欠かさないのだろう。

胸もとの小さな十字架が、照明にきらめいた。

「悪いが、目下用はない」

と花森が無愛想に言った。

「そう仰らず。格安、丁寧、絶対安全――確実にガードします。成功率一〇〇パーセント」

「信用できんな」

花森も容赦ない。

「いや、雇ってもいいが、その眼が、ふと光った。

「テストだね。わかってますよ」

横目でせつらを見た。

「殺すな。動けなくしてくれればいい」

「うっ」

と洩らしたのは、〈新宿〉一の用心棒であった。

突如、全身の自由が利かなくなったのだ。

「な、何事だ?」

「テストは落第」

　とせつらは言った。同じく身動きできない花森に、

「残念でした」

　少し寝呆けたように聞こえる。

　困惑に歪んでいた精悍な顔が、にっと笑った。

「?」

　断たれた——と糸が伝えた。

　花森の身体は一気に宙を駆け、戸口に舞い下りた。音は立たなかった。

　せつらも身を捻って跳んだ。

　五メートル近い天井の真下で空中停止する。

　客とスタッフが驚きの声を上げた。うち半分以上は恍惚の叫びだ。せつらの顔を見た連中らしい。

　ボックスでせつらに抱きついた雷人が、肩をすくめて抱擁を解いた。彼もまた妖糸の呪縛を破ったのだ。襟首と袖口から洩れる白煙をせつらは認めた。

「酸?」

「残念でした。金属溶解液さ。パニューブ鋼だって、ひと垂らしで穴が開く」

「それはそれは」

　このとき、店内で一〇人近い客が、意識不明に陥った。宙に浮かぶせつら——それだけで。

「あとで連絡する。できれば——殺すな」

　花森の声は閉じかけたドアの隙間から聞こえた。

「よくわからねえが、おたくの術は効かねえぜ」

　雷人は唇を突き出した。

「——ここでやるわけにゃあいかねえ。外へ出よう、外へ」

　とドアの方へ顎をしゃくった。その前に、人影が立った。

　後ろのボックスに腰を下ろしていた三人組のOLである。

「なんだ、あんたら?」

困惑の表情になった雷人だが、ＯＬたちの顔はさらに混乱していた。

「わからないわ。身体が勝手に動くのよ」

「え？」

次の瞬間、はっと気がついて、

「てめえ」

とせつらを睨みつけたが、彼はすでに戸口を抜けていた。

「待て、こら」

通路へとび出そうとしたが、前に三人いる。

「悪いなネーちゃん」

突きとばして前へ――その前にまた二人――いや、客たちがぞろぞろと立ちはだかったではないか。

「こら、どきやがれ！」

叫んだが、全員、途方に暮れたように、

「動けないのよ」

「なんかに操られているんだ」

雷人の眼が光った。気がついたのだ。

「そうか。おれを縛ったのと同じ術か――」

言うなり、ジャンプ一閃――悪意なき障害物の頭上を軽々ととび越し、ドアを抜けたときにはもう、花森もせつらの姿も見えなかった。

「畜生め――見てやがれ！」

いきり立って歩き出そうとした肩を叩かれた。ふり向くと、店長であった。

「すまんが、勘定を払ってもらおうか。知り合いらしいから、あの二人の分も頼むよ」

2

花森は、街灯に姿をさらす危険に気がついていた。

コーヒー・ショップで、あの美しい人捜し屋の顔を見たときの驚きは、衝撃的であった。それをすぐカバーできたのは、彼本来の肝の太さと陽気な性格によるものだが、危険が身に沁(し)みたのは、これで二度目である。予期せぬ敵の接近ほど、血が凍るものはない。

　不思議とあの若者を敵と認識する気にはなれなかった。〈魔界都市〉と呼ばれるこの街で、ナンバー1の声価(せいか)を得るには、殆(ほとん)ど魔法に近い能力を身につけているだろうに、花森の印象は、茫洋とした摑みどころのない美貌(びぼう)の主だ。

　今も胸がときめいている。あの美しさと春爛漫(はるらんまん)、春風駘蕩(しゅんぷうたいとう)のイメージがせめぎ合わないのだから凄いを越して凄(すさ)まじい。

「あれも魔人だな」

　思わずつぶやいた。

　まだせつらの魔法は解けていなかったが、とりあえず、自分の意志で行動はできそうだ。

　身を隠すには〈廃墟(はいきょ)〉か〈準安全地帯(セミ・セフティ・ゾーン)〉のホテルだとわかっていた。

〈準安全地帯〉の反対軸に〈準危険地帯(セミ・デンジャラス・ゾーン)〉があるが、こちらは〈危険地帯(デンジャラス・ゾーン)〉に限りなく近く、〈準安全地帯〉は逆だという特徴がある。

――〈大久保(おおくぼ)二丁目〉だったな
　記憶を確かめて、花森はタクシーに手を上げた。


「発見しました」

　豪華なスイート・ルームでパソコンを叩いていた男が、スクリーンから顔を外して、ソファに腰を下ろした志賀巻に告げた。

「我が社の〝偵察衛星〟が確認――目下、〈靖国(やすくに)通り〉を〈大ガード〉方面へ移動中です。ドローンをとばせますが」

「よし、やれ」

　憎悪の眼を光らせる志賀巻へ、

「お待ちください」

　と告げたのは、サングラストリオのリーダー格であった。崖ヶ谷(がけがや)新次(しんじ)という。あとの二人は伽椰(かや)と新(しん)三郎(さぶろう)になる。

「何かあるのか?」

志賀巻が怒りを殺して訊いた。戦闘指揮は、民間の戦闘員派遣会社から来たこの三人に任せてある。

「あの男——どんな改造手術を施したのか、目下のところ不明です。しかし、これまで二度攻撃をかけ、どちらの場合も失敗したばかりか、戦闘員一五名はことごとく討たれました。敵の武力も解析できないまま戦闘に突入しても、犠牲が増すばかりです。一五名は我が社の中級戦闘員の中でも、あと一歩で上級へ進めるエリート集団でした」

「中クラスの連中を、わしの依頼に使うか? この結果を見ろ」

志賀巻の拳が大理石のテーブルを叩いた。

「失礼ながら、我が社の中級戦闘員は、能力的に米海兵隊のサイボーグ部隊に匹敵します。任務遂行中に一五名の死亡は、社にすれば、本社ビルに核を落とされたほどのショックでしょう」

「そんなものを自慢してどうなる? わしを守り、奴を殺せるならば、一流だろうが一〇〇流だろうがかまわん。金にも糸目はつけん。どんな小さな機会も見逃すな」

「戦いは勝たなくてはなりません。それには機会も選ぶべきです。こちらが失敗するたびに、敵は何かを得る。斃すべき機会が、こちらに当て嵌まっては何にもなりません」

鉄のような言葉に、志賀巻の狂気は萎えた。

「まあいい。戦闘は君らに任せてある。口ははさまんよ。次の手は?」

「古典的ですが——」

崖ヶ谷は、サングラスのつるに触れた。

内蔵のチップが、視界に幾つもの顔を並べた。

「少し時間をかけましょう」


午前二時を廻っても〈百人町〉の街路は静寂とは無縁だった。

南北に長い特徴的な家並みに沿って、幾つもの屋台やバンが並び、肉や麺や野菜を焼く香ばしい匂いと煙が立ち昇り、人の動きに合わせて流れ水のようについて廻る。

かつては韓国風の焼肉やアクセサリー、香料、魔術道具などが花形だったものが、今ではイスラム系の羊肉や鯖サンドを求める客たちが目立つ。

韓国系のオーナーが大工場を構えていたせいで、韓国人たちが集まり、〝コリアン・タウン〟と呼ばれていた町も、〈区長〉が一部難民を受け入れると決めた二年前以来、イスラム系の住人が爆発的に増え、住民同士の衝突まで勃発、危機を感じた〈区〉が、地中の〈大空洞〉に希望者を移し、何とか平和を保っている。

花森の目的地は〈百人町〉のほぼ中央に位置するホテル「パラレル」であった。

この辺り一帯は、〈百人町〉の主ともいうべき壇藤家の所有地で、一種の緩衝地帯として認められている。〈百人町〉は、もともと江戸開府のはじめから、幕府直轄の鉄炮組百人同心の居住地であった。彼らは平時は江戸城の警備を担当し、将軍の日光東照宮や上野寛永寺参拝の折は、警護役を務めた。鉄炮とは、鉄砲のことで、百人が集められたことから〈百人町〉と呼ばれたものである。同心たちはすべて伊賀の忍び——伊賀者で、代々、忍び武器のひとつとして短筒——拳銃——などの扱いに習熟していたとされる。

他所者はすぐにわかるらしく、通行人たちが花森を見る眼には怪訝そうな光が宿っていたが、それもすぐに消えた。跳梁する妖魔、跋扈する悪霊に比べれば、胡乱な人間のひとりや二人、危険度からすれば物の数ではないからだ。

中年のフロント係に申し込むと、

「運がいいね。ひとつダブル・ルームが空いたばかりだよ」

と破顔した。

「いま清掃中なんで、待っててくれ」

深夜である。

「殺しか?」

と訊いた。

フロント係は、にやりと笑ってそれきり何も言わなかった。二〇五号室のキイを受け取ったのは一〇分と少し経ってからだった。緩衝地帯といっても、ホテル内はそうもいかないようだ。

チャイムが鳴った。

花森は肘掛け椅子から立ち上がり、頭をひとつふってから、少し待った。

また鳴った。ミスではないようだ。

となると、剣呑な相手しか浮かばない。

「どなた?」

と訊いた。声は低いが届いたはずだ。

わずかに間を置いて、

「ロビーで会ったわ」

仕草どころかボディラインまで想像できそうな女の声が、切れ切れにやって来た。発声器官は人並みらしい。

「入っていいかしら?」

「入れたらな」

これで帰ると思った。ホテルを専門にする娼婦なら諦めはいいはずだ。フロント係でも呼ばれたら追い出される。もっとも、係が部屋を教えたという場合もある。どんな人間からでも、チップの価値は変わらない。

ロックが外れたと、金属音が告げた。

花森はデスクの上の備えつけのレター・セットから、ボールペンを取り上げ、下の端を親指と人さし指の間にはさんだ。

女は最低限の隙間から入り込んで来た。

全裸の肉体の上に黄色いラメのスーツを貼りつけている、と見えた。乳首がはっきりと突き出ている。

香水と肉の匂いが部屋に満ちた。

「こそ泥もやるのか?」

見つめる花森へ、

「ご挨拶（あいさつ）ね。気に入った相手にしかやらないわ。覚えてる?」

「『日経』を読んでいた」

淫靡（いんび）ともいうべき顔を、驚きの色がかすめた。

「あの距離で読めたの? ひょっとして〝改造人〟?」

「何の用だ?」

「娼婦が勝手に入って来たのよ。他の用事はないわ」

「鍵はどうした?」

「このホテルのなら、全室用意してあるわ。坐（すわ）れと言ってくれないの?」

花森は奥のソファへ顎をしゃくった。

「ありがとう——でも、こっちのほうが向いてるわ」

女はベッドに近づき、腰を下ろした。

尻（ヒップ）ラインぎりぎりのミニ・スカートから右脚を宙へ伸ばす。

「カスミです、よろしく」

充分とはいえぬ照明光に、脚の肉は生々しく光った。

花森は無視した。

カスミは立ち上がった。

「お気に召さない? なら全部見せてあげる。シャワー借ります」

首の後ろに両手が廻るや、光沢（こうたく）を放つ布地は、ボディラインを正確に妖（あや）しくなぞりながら床に落ちた。

カスミはパンティも着けていなかった。

髪にタオルを巻いてから、シャワーを迸（ほとばし）らせた。

豊かな乳房がお湯を弾（はじ）いた。湯滴（ゆてき）は執拗（しつよう）にふくらみの上に留まり、ようやく滑（すべ）り落ちた。

カスミは乳房を持ち上げた。指が食い込んで歪む乳房は、異様にエロチックだった。

「逃がさないわよ」

低いつぶやきは、獲物を前にして、肉食獣の官能の唸(うな)りに似ていた。

湯の愛撫(あいぶ)に恍惚と応(こた)えていた表情が、ふとこわばった。

湯の温度が急速に冷えたのである。

湯気が赤く変わった。

乳房を見た。まとわる湯の粒はすべて紅玉(ルビー)のかがやきを放っていた。

血臭が鼻をつく。

シャワーは血を吐いていた。

「あらあら」

揶揄(やゆ)するような声は、状況ではなく、溶け合い、吸収し、みるみる真紅(しんく)の腕を作り上げた湯滴に向けたものであった。

腕は実体の形状を備え、指も備えていた。

それが乳を揉(も)みはじめると、カスミはすぐに息を荒くした。

「誰よ？　この部屋に憑(つ)いてる悪い霊？　女のおっぱいは久しぶり？」

赤い右手が下がっていった。

手の平全体を肉にこすりつけて、腹を滑り、繁(しげ)みに潜(もぐ)り込んだ。

人間とは別の動きに、カスミはのけぞった。

首すじに生あたたかいものが吸いついた。唇だ。ぬらりと舌が首すじを這(は)った。

「あ……ああ……あ」

シャワーの音に、こんな声が混じった。人の物ならぬ指は、女の柔肉(やわにく)を巧(たく)みにこすり、奥へと侵入していった。

「あ……あ……あ」

カスミは震えた。体内を上がっていく指を感じたからだ。

「あ……ぐうっ!?」

指は口から出た。

「……感ジル……カ？」

耳もとで声がささやいた。男とも女ともつかぬ、単語を組み合わせただけの声であった。

「……感じる……わよ」

カスミは答えて、腰をゆすった。尻が血の滴(しずく)を跳(は)ねとばした。

両肩を押された。

壁に手をついて、尻を突き出す形(ポーズ)になった。

「モット、尻ヲ出セ」

「……こう……？」

「イイゾ」

あてがわれた。

「やめ……て」

「イイヤ」

それは一気に入って来た。

「あーっ!?」

カスミの叫びは口を塞(ふさ)ぐ血の手に、喉(のど)の奥でつぶされた。

3

背後の奴は激しく動いた。

カスミは内部(なか)でたっぷりとそれを感じた。

「ドウダ……俺ノ物……ハ？」

突きながら、訊かれた。

「……素敵よ……立派」

「ドウ……立派ダ？」

「硬くて……長い……それに……太い……わ」

「ソウトモ」

ぐん、と来た。

「ぐぐっ」

腹の中にそれがある。

「ドウダ？」

「……もっと……もっと……来て」

「ヨシ」

もう一度――

げっと吐き出したのは、呻きと――赤い男根であった。

「ホウレ　ホウレ」

背後の腰が動くたびに、血で出来た器官は、カスミの口から出入りした。

内からの暴力に、カスミは身悶えし、壁に爪をたてた。髪の毛を掻き毟って叫んだが、声にはならなかった。

やがて、責めは熄んだ。

浴槽にへたり込んだカスミの身体から、それは退去しはじめた。

「駄目」

抜けかかる寸前、カスミはそれを摑んだ。

「もう少しいて。あれしてあげる」

「ヨシ――好キ物メガ」

そいつのものはふたたび逆流した。

口から出たとき、カスミは尻のほうのものを握りしめた。

「気ニイッタカ？」

はじめて、声に感情がこもった。

「ええ、とっても」

カスミの歯がきらめいた。

「二度と手放したくないわ。ずうっとそこにいて」

突如、背後から痙攣が伝わって来た。下へ走ったそいつの手を、カスミは弾きとばした。

「どう？　あたしの締め具合――感じる？」

「ヤメロ――何ヲ――ス……ル」

最後に、そいつは、キエ、と放った。悲鳴に違いない。

カスミは手を放さなかったが、そいつは後じさった。

股間のものは、なおも長く太く硬く――しかし、途中で断たれていたその先端は激しく赤い液体を吐いていた。

切断面には、はっきりと痕があった。歯ではない。牙だ。

流出は、生命の流れでもあった。

熄まぬシャワーの中で、そいつは形を失い、すぐに浴槽の床を埋める血の海と化した。

最後の赤い色が排水孔に吸い込まれる前に、シャワーの湯は尋常に戻っていた。

「あら、まだ生きてるの？」

カスミはうすく笑って、口腔に残った部分に手をのばした。


「お待ちどおさま」

バスタオルで胸から腿まで覆った裸身を、花森は無感情に見つめた。

「気に入らない、あたし？」

カスミは尻をふりながら近づき、彼の膝に腰を下ろすと、両手でその首を抱いた。バスルームでの性戦などなかったかのような平穏さであった。

安物のボディ・ソープの匂いがした。

「よせ」

「固い男ね」

カスミは白い生腕を花森の首に巻きつけ、上体を押しつけて来た。

「固いのは、あっちのほうにして」

「断わっておくが、おれには金がない」

「サービスしとくわ。ひとめ惚れってことで」

「妻も子もいない」

「絶好の条件じゃないの」

カスミの声に欲情がこもった。

半ば開いた唇から生ぬるい舌を突き出し、花森の唇を舐めた。

その身体が大きく撥ねとばされて、床に落ちた。

部屋が揺れた。

「想い出だけが残っている」

「ふざけたこと言わないでよ」

カスミは跳ね起きて歯を剝いた。

「女を部屋に連れ込んで、裸にしてシャワーを使わせ、抱きつくまで放っておいて、想い出が大切だ？なに自分にうっとりしてるのよ、ナルシシズム野郎。あんたの愛しい女房子供のことなんか、ここで持ち出すんじゃないわよ」

「そのとおりだ。だが、おれは間違っていない」

緊張の翳が色っぽい顔を渡り、すぐ消えた。

「さ、もう帰れ」

花森はカスミに近づくと、その腕を摑んだ。

「いたた、何するのよ!?」

「気をつけてな。着替えをしてから出るか？」

「うるさい、離せ！」

数秒後、廊下へ突き出されたカスミの足下に、服がとんで来てから、ドアは閉じられた。

「莫迦野郎！」

ドアをひとつ蹴とばして、カスミは服をまとめて抱え、憤然とエレベーターの方へ歩き出した。

三〇分ほどして、花森は外へ出た。午前四時少し前。空はまだ闇色を維持している。

さすがに人の数も声も減ったが、通りには光が溢れ、BGMが鳴り響いていた。民謡とイスラムと韓国とインドと中国とアジア諸国の音楽だ。

それぞれのスピーカーの前を通りかかった人々は、微笑し、渋面をこしらえて、唾を吐く。人間は善いこともそのやり方も知っている。しかし、やろうとしない。他国の人間を見つければ、舌打ちし、歯を剝き出す。

人間の七〇パーセントは水で出来ている。人間の精神の九五パーセントは憎しみかもしれない。

オモチャを並べた屋台で、花森はABS樹脂製のガス・ガン――M16A2自動小銃を一挺買った。

店の親爺は、同じ武器を指さした。

「モノホンだぜ」

本物のM16A2という意味だ。よく見れば、並べた品物のあちこちに金属のかがやきが湧いている。

花森は店を離れた。

二〇メートルほど進んで左へ折れた。

「浄山寺」

と立札が立っている。

五〇歩と歩かず、境内へ出た。

大きな銀杏の木立ちが枝を鳴らしている。風が強い。

花森はその前まで行って、ふり向いた。

抜けて来た路地の出口から、二つの人影がこぼれたところだった。

ひとつはカスミ。もうひとつは縦も横も厚みも二メートル超はありそうな禿頭の大男だった。

「名前は忘れたが、アメコミで見たな」

と花森は声をかけた。

「いいところへ入ってくれたわね。想い出の家族の供養でもしようってわけ?」

カスミが嘲笑った。

「そう。お前たちの供養だ」

「へえ。あとつけてるの知ってたわけ?」

「雇い主は誰だ? そのでかいのじゃあるまい?」

「あら、そこまで?」

「おれが床に叩きつけたとき、おまえは痛そうな顔もせず、すぐに立ち上がった。改造手術を受けたか、憑依されてる証拠だ。妖気は感知しなかったから、残りはフランケンシュタイン化だな」

「それだけじゃ、黒幕がいるってことにはならないわよ」

「改造手術は億単位の金がかかる。おまえひとりにどうこうできるものじゃない。後ろに誰かが立ってるに決まってる」

「莫迦にして――でも当たりよ」

官能の詰まった顔が、にやりと笑った。

「色仕掛けで骨抜きにしろと言われてたけど、仕掛ける前に追い出されてりゃ世話ないわ。でも代償は高くつくわよ」

「おまえのせいじゃない」

と花森は言った。

「代償と言ったな。想い出を強化する代償に、おれは女に対する欲望を封印した。どんな色仕掛けも通用しない。残念でしたと、志賀巻に伝えろ」

「そういうこと？　なら面子が立つわ——とはいかないのよ。断わっとくけど、この男とクライアントとは関係ない。あたしがポケットマネーで雇ってきた超人よ。骨抜きにするだけで殺す必要はないと言われていたけれど、腕の一、二本をひっこ抜かせてもらうわ」

大男が強化手術を受けているのは、異常な筋肉と骨格の形からして明らかだった。

——どこまで変えた？

かすめた思いを、花森は深刻に受け止めなかった。

「来い」

とうなずいた。

大男は足音をたてずに走った。水の上でもしぶきは散らなかったであろう。

摑みかかってくる巨腕を、花森は下がらず受け止めた。

指が肉に数ミリ食い込んで止まった。

——この程度か
五〇〇馬力というところだ。並の人間なら骨ごと握りつぶされている。

カスミの笑いが急に固まった。

彼女が大男——ベンに依頼したのは、花森の両腕を引き抜くことだった。

簡単に捕まえた。あとはひと息に——

しかし、ベンは動かなくなった。

花森が改造人間だとは聞いていないが、その可能性もカスミは捨てていなかった。だが、五〇〇馬力のパワーに平然と拮抗しうる力とは？

光景が変わった。

ベンが花森の両肩を摑んで持ち上げたのである。どこかへ叩きつけるつもりだ。

「やった」

カスミは違和感を抱きながらも満足した。

「ん？」

ぎょっとした。

三〇センチほど宙に浮いた花森が、また下がったのだ。

「怖がらせているの？」

花森は自分の重さが一〇トンを超えたのを意識した。大男の顔にも動揺が湧いている。女はさぞあわてているだろう。

筋肉の緊張を解いた。

またも持ち上がった身体を、大男は容赦しなかった。

頭上高くから、五メートルも離れた石壁へ叩きつけた。

ぶつかったのは、確かに生身(なまみ)の肉体であった。

「莫迦!?」

と叫んでカスミは走り寄った。なるべくなら殺したくはない男なのだ。

その足が止まった。

全身打撲による衝撃で内臓は破裂し、骨という骨が砕(くだ)けたはずの花森が、ひょいと上体を起こしたではないか。

数秒前——持ち上げられた姿勢から戻った瞬間に走った思いが甦(よみがえ)る。

——やっぱり改造人間？

ベンの反応は素早かった。

長さ一メートルもありそうな靴を持ち上げ、花森の顔面に踏み下ろす。

左手一本で受け止めるや、子供相手のように放り投げた。

力士の倍はありそうな巨体は、カスミの方にとんで来た。

「きゃあ」

夢中で避けた背後から地響きが伝わって来た。

よろけながら、カスミはふり向いた。

ベンはもう立ち上がっていた。左右にやや開いた両手の腕から先が、形を変えていった。

ぐいと絞られた前腕の先で、そろえた五指が一本の刃(やいば)の先に変わる。

皮膚が金属の光沢を帯びた。

大男——ベンの改造はサイボーグ化のみではなかった。細胞もまた変化するのだった。

第三章　騙し合い

1

ベンは長剣と化した両腕を叩き合わせた。

火花と、歯が浮くような金属音が上がった。

「――殺しちゃ駄目よ」

カスミが叫んだ。間に合うまいという気はした。

破壊屋というのは、異常にプライドが高い。持ち上げようとして持ち上げられなかった男、即死状態の衝撃から平然と甦ってきた男に対する憎悪と怒りは天地が裂けても収まるまい。

びゅっと風が鳴った。ベンが斬りつけたのである。風の音は連続した。

刃の動きをカスミは見ることができなかった。それは、どの一撃も花森の肉体を斬裂し得ることを意味していた。

花森はベンの攻撃をすべて見切っていた。加速処理を受けてはいない。刃はベンの筋肉だけで支えられていた。花森の体さばきに無駄な動きはひとつもなかった。

四撃目を躱すと同時に、花森は攻撃に移った。スローモーな軌跡の合間を縫って胸もとへとび込むや、鳩尾へボディブローをかけ、前のめりになるところを腋の下に腕を入れて放り出す。

地べたへ叩きつけられたベンは、もう動かなかった。大地が振動した。


「何よ……これ」

自分のつぶやきを、カスミは遠く聞いた。

突然、高速回転のモーターに巻き込まれたようにベンの巨体が廻るや、地面に横たわっていた。轟きはそのあとにやって来た。

傷ひとつない花森が、巨体の上に屈み込んで、猪首に手を当て、うなずいてからこちらを見た。

凍りつくカスミへ、

「気絶しただけだ。さあ、おまえの依頼主について、聞かせてもらおうか」

「残念でした。死んでもそれはできないわ」

カスミは肩をすくめた。

「死んでも？」

花森の眼が光った。

「そうよ。これでもプロなのよね」

花森は黙って近づくと、カスミの右の乳房を鷲掴みにした。

凄まじい痛みに呼吸が止まった。

ちぎり取られる。

「二つある」

と花森は言った。恫喝の調子もない静かな声である。それが却って、百戦錬磨の女を怯えさせた。

「最初に右、次は左だ」

「好きにしなさいよ」

カスミは平然と言った。

乳房の二つくらいこの街ならいつでも修復できる。脅しとはいえなかった。

痛みが消えた。

乳房を見てから視線を戻したとき、花森はもう背を向けていた。

単なる威しだったのか？　あの眼の光――絶対に違う。

「ちょっと――女だからって同情したの？　恩になんか着ないわよ」

「女房はおまえと同じくらいの歳だった。寝醒めが悪い。それだけだ」

「カッコつけちゃって、まあ」

カスミは嘲笑した。

花森は黙々と歩み去った。

「次は逃がさないわよ。覚悟しときなさい」

闇に塗りつぶされた出入口に吸い込まれた声には、憎しみともうひとつの感情が揺れていた。

本人はそれに気がついていなかった。

部屋の前で、花森は足を止めた。

出がけにドアと壁に髪の毛を一本張り渡しておいた。それがない。

室内に気配は感じられなかった。仕掛けでもあるのか。何にせよ、大したものではない。ここは自他ともに認める緩衝地帯だ。無関係の泊まり客を殺害したら、〈百人町〉を支配するものの力が必ず報復するだろう。どんな相手でも、それは避けたいはずだ。

——おれが死ねばいいだろう
花森はさして深く考えずドアを開けた。

窓辺に長身の影が立っていた。

顔だけがかがやいている。

眼をしばたたいた。

影だ。闇に溶けている。それなのに——やはり、かがやいて見えた。

「よくわかったな」

声をかけてからドアを閉めた。

ライトのスイッチを入れると、影は秋せつらになった。

「巻き方に工夫を」

と美しい若者は答えた。花森は眼を閉じた。声まで金鈴のようだ。

大学入試に備えて暗記した唐の名詩を彼は思い出した。

大絃は嘈嘈として急雨の如く
小絃は切切として私語の如し
嘈嘈　切切　錯雑して弾ずれば
大珠　小珠　玉盤に落つ

そんな声だ。古代中国の詩人は、〈新宿〉の人捜し屋を知っていたのだろうか。

気がつくと、花森は身体の周りを手で探っていた。

「もうほどいた」

花森の超感覚をもってしても認知し得ない縛り方をした糸を辿って、黒ずくめの人捜し屋はここへやって来たのだった。

「何の用だ？」

もう一度、訊いた。

「依頼主と話した」

とせつらは言った。

「どうしても、あなたを捜し出して殺す気だ。ドアの向こうに剣呑なのが三人いた。〈区外〉の殺し屋だ」

「ほお」

ドアの向こうのプロたちをどうやって探り出したのか、花森は考えるのをやめた。

「あんたはおれを捜し出すのが仕事だろう。早く連絡しろ。おれはまた逃げる」

「逃げても捜す」

とせつらは返して、こうつけ加えた。

「だから、捕まってほしい」

「何だと？」

思わずせつらを見てしまい、花森はあわてて眼を閉じたが、めまいは避けられなかった。何とか声を出す前に、せつらの声を聞いた。

「そうすれば、もう追わなくて済む」

「何だ、そりゃ？」

何とかふらつきはこらえたが、この世ならぬ美貌は、瞼の奥で、妖しいかがやきを放っていた。いや、それは脳が見せているのだろう。

「仕事を途中でやめたくなったのか？　それでは〈新宿〉一の名が泣くぞ。おれも黙って捕まるつもりはない」

「あなたなら、すぐ逃げられる」

とせつらは言った。

ある考えが浮かんだ。それは、考え自体とは別のある驚きを伴っていた。

——ひょっとしたら、彼は？

「すぐに戦える」

とせつらは言った。花森が、だ。

眼を閉じ、胸中で渦を巻く幾(いく)つもの思考をまとめようと努めた。

意外と早く結果が出た。絶好の機会だ。ただし、それにはこの美しい若者を信じなくてはならない。

彼はここへやって来た。その気になれば、見えない糸で花森を捕らえることができるかもしれないのにだ。その目的と、そこから生じる結末を考えると、彼は——その立場を考えると信じられないことだが——花森の味方かもしれなかった。

だが、すべては花森の一方的な誤解との可能性も捨てきれない。

「おれを志賀巻のところへ連れて行けばいいんだな?」

念を押すように訊いた。

「そうそう」

こちらの切迫した意識とは、まったく無縁な、腹の立つ返事が返って来た。


せつらは黙って花森の答えを待っていた。

「わかった」

彼はきっぱりと答えた。

「けっこう」

せつらは小さくうなずいた。

「すぐ呼んでいい?」

「構わん」

「いい度胸」

花森はうすく笑った。おれはもう死んでいる。意識しなくても、精神(こころ)にはこう灼(や)きつけられていた。

せつらは携帯を取り出し、ナンバーをプッシュしてから耳に当てた。二秒ほどして、

「秋です。花森氏を見つけました。面会用にどちらかご指定の場所がありますか? こちらは〈百人町〉のホテル『パラレル』です。——了解しました。では、三〇分後に」

携帯を戻し、

「滞在中のホテルで会いたいと」

「いいとも」

花森は思いきり伸びをした。

「もう少し、怯えさせてやりたかったが」

「できるでしょ。先を急がない」

花森は噴き出してしまった。

「依頼人を、もっといびってやれ、か。変わった人捜し屋だな」

「正義の味方で」

　ついに花森は爆笑した。笑いの発作に身をよじってしまう。

　ようやく治まってから、涙を拭き拭き、

「この街の代表選手が、正義と口にするか？　恐らく史上最高のジョークだぞ」

「そう？」

　せつらは憮然たる表情になった。案外、本気だったのかもしれない。

「だが、もういい。こんな男に捕らえられるんなら本望だ」

　そして、正義かとつぶやき、また噴いてしまった。

「武器を用意しちゃいかんだろうな？」

「見えるところでは」

　花森は腹を押さえながら、

「こっそりならいいのか？」

「はあ」

　必死に笑いをこらえた。腹が痛くなったのである。

「ここへ戻る前に、カスミとベンというコンビに会った」

「へえ」

　せつらは喉元に人さし指を当てて、横に引いた。

「いや」

「この街で生き延びるのは難しいな」

「おれもそう思う。ま、生きるにせよ、くたばるにせよ、じきだ。あの二人はもう来ないだろうがな」

「断定はよろしくない」

とせつらは返した。

「ここは〈新宿〉だ。〈区外〉の道理は通用しない」

「それもそうだな。だから、おれもひとりで仇が討てる――やはり、いびり殺すまで待てそうにないな」

「僕との契約が切れたら、好きなように」

「あんたは何者だ？」

「人捜し屋」

「職業じゃない。どうやって生きてきた？」

「自分なりに」

「〈新宿〉で生きるというのは、どういうことなのかね？」

「さて」

「考えたことはないか？」

「全然」

苦笑を浮かべた顔がうなずいた。

「それでこそ、ミスター〈新宿〉だ」

「その言い方やめろ」

「なぜだね？」

「ボディビル」

「なるほどな」

また噴き出したくなるのをこらえた。

ムキムキのせつらが、ポーズを取っている光景を想像しかけて――上手くいかなかったのである。

「コーヒーでも淹れよう」

部屋には電子ポットとインスタント・コーヒーと緑茶のバッグがついている。

「けっこう」

「では、おれが飲む」

室内にコーヒーの香りが満ちた。

湯気の立つカップを口元へ運ぶ花森へ、

「変わってる」

とせつらは言った。

「おれがか？」

「こういう状況は何回もあった。大概は、自分が追われる身になった事情を告白したがるものです」

「そうかね」

「しませんね」

花森を指している。

「そうかい」

花森はもうひと口飲った。

せつらが言った。

「悲しみが大きすぎる」

「どうかな」

花森は静かにカップを置いた。

2

「志賀巻は大したことをしたと思っちゃいまい。奴にしてみれば、金儲けの邪魔を排除しただけだろう。だが、されたほうは忘れない——こっちもそれだけのことだ」

「よくある話」

「だろ?」

花森は薄く笑った。

「おれは〈区外〉で財務省の調査をやっていた。志賀巻は〈新宿〉から禁制品を密輸し、暴力団に流して稼いでいた。奴はそれを知ったおれの家に爆弾を投げ込んだ。おれは留守で、家族がいた」

「……」

「この街じゃ、日常茶飯事だ。茶飲み話にもなるまい」

「当事者以外は?」

「痛いところばかりを突く男だな。おれに怨みでもあるのか?」

「いえ」

「だったらもう、やめろ。おれは口をきかん」

「はい」

花森はベッドに腰を下ろした。

すぐに眼を閉じ、うとうとしはじめた。

厳しい表情は夢の国へ入っても変わらなかった。

二〇分近くで、寝息が熄んだ。

せつらが音もなく窓辺へと跳躍した。

部屋が震えた。直下型の地震に襲われたかのように、何もかもが躍りまくる。

花森が眼を開いた。倒れる冷蔵庫や抜け落ちる引出しに眼を丸くする。

「地震か？」

せつらは携帯を開いていた。

「直下型地震、発生。〈区〉全域に警戒注意報発令。震度５」

花森はドアに駆け寄った。血相が変わっている。地震が苦手らしい。

そこで熄んだ。

花森がへたり込む。

荒い息をつきながら、声もない様子へ、

「よく生き延びてこられた」

せつらは声をかけた。

〈新宿〉は〈魔震〉以降、地震の本場である。日に数十回は微震に襲われる。そのたびに花森のような反応を示していたら、生命が幾つあっても足りない。

「放っとけ」

やっと返って来た返事は、息も絶え絶えであった。

「とりあえず」

せつらがベッドを示し、花森は拒まず横たわった。

「やれやれ」

自嘲の言葉が洩れた。すぐ寝息に変わった。

一〇分ほど放置してから、

「そろそろ」

とせつらは声をかけた。

「ああ」

花森は上体を起こした。かがやきが幾つもとんだ。

汗である。顔も手も濡れている。

せつらは内心、唸った。

〈新宿駅〉の周囲は、かなり前からホテル・ラッシュの喧騒が絶えない。年々数を増す観光客を見込んだものである。

〈区外〉もそうだが、イスラエルと周辺のアラブ諸国が、長期の休戦協定を結んだため、そちら系の観光客が押し寄せ、以前からの中国爆買い団と結託して買いまくり、秋葉原の電気街からは、一時期、あらゆる家電製品が姿を消したと、一大ニュースにもなった。

志賀巻の宿泊する〈新宿プリンスホテル〉の周囲にも、取り壊しと建設の二律背反が渦巻いていた。

志賀巻は緊張の面持ちで二人を迎えた。

かけた椅子の両側にサングラスの男が二人立っている。向かって右は異様な肥満体で、妊娠中かと思うほど突き出た腹を持っていた。左側はひどくほっそりした長身だ。

「お連れしました」

とせつらは言った。

「御苦労だった。待ちかねたぜ」

志賀巻は得体の知れない表情になった。笑おうとしているのだが、上手くいかないのだ。はっきりと怯えが出ている。

「金はいま振り込んだ。確認してくれ」

「ども」

せつらは黒いカードを一枚取り出し、耳に当てた。

「確かに」

「では、引き取ってもらおうか」

「はあ」

せつらはうなずいた。

「武器は持たせてねえだろうな?」

「はあ」

「よし。行け」

せつらはうなずいた。

「契約完了」

志賀巻はうなずいた。

せつらは部屋を出た。

頭上に？マークが点った。靴底から伝わる感触が違う。絨毯が濡れている。

歩き出すとすぐ左方に、エレベーターが見えてきた。


「さすが〈魔界都市〉一の人捜し屋だ。ちゃあんと見つけ出してくれたぜ。覚悟はいいな」

志賀巻は歯を剝いた。眼窩から憎悪と殺意が噴き出ている。

「おれは、連れて来てくれたと言うべきだろうな」

花森が返した。その眼も表情も石のような無が刻まれていた。

「断わっておくが、おめえの能力はすべて分析済みだ。こっちの兵隊は三人——ひとりは、今の人捜し屋を送って行ったが——どれも、おめえを上廻るぜ」

「試してみたらどうだ？ ひと思いに殺そうなんて思ってねえだろうな？」

「八つ裂きにしてやるぜ」

「なら、おれは倍だ」

「ぶち抜け」

志賀巻が命じた。

男たちが右手を上げた。いつの間にかスターム・ルガーMk1が、太い消音器ともども握られていた。頑丈さと精確な作動を合わせ持つ小口径拳銃のベストセラーだ。二二口径と殺傷能力は小さいが、それは弾丸を変えれば済む。
タ、タと銃口が赤く染まった。
花森が両膝を突いた。射ち抜かれたのだ。血にまみれる床の上を、彼はのたうち廻った。

「女房と子供の後を追え。もう少ししてからな」

「お心遣い——感謝する」

花森は立ち上がるや、右手をふった。右手首に埋め込んであった細いメスが、肉を裂いて噴出し、右側の男の鳩尾に突き刺さった。

「貴様あ」

志賀巻が絶叫し、残るひとりに、

「殺せ」

と命じ――愕然となった。

「う、動けねえ⁉」

「〝影踏み〟って術だ。今、床の上をのたうち廻っている間に、おまえらの影を踏んでおいた。一分間は動けない。お返しするには、少し足りないがな」

花森は難なく立ち上がった。出血はすでに止まっている。

「〝強化手術〟を受けたか」

もうひとりが呻いた。

その細面へ眼をやり、何か言おうとして、花森はそいつの口から黒いものが溢れ出るのを見た。床へ落ちる前からそうだったが、そこから床を這い出した姿は、髪の毛を思わせた。

いや、確かに髪の毛だ。


「――女か⁉」

愕然と呻く花森の足首に、それは巻きついた。

「〝影踏み〟などと甘い技を使わず、〝影刺し〟にすべきだったな」

自らの動きも封じられながら、嘲笑するその声も顔立ちも、まさしく若い女のものであった。サングラスとショートカットの髪が気づかせなかったのだ。花森を襲った髪は別ものらしい。

「うおお」

花森は身悶えした。触れることもできぬ激痛が足首に食い込んでいく。

その顔面を灰色の塊が覆った。赤ん坊くらいの異様に手足の細い姿は人間のものだ。腹部に刺さった光は、花森の放ったメスだ。

花森の首の後ろから鮮血が迸った。赤ん坊が鉤爪を食い込ませたのだ。

「〝子泣き童子〟だ」

肥満体が、床の上に大の字を描いたまま言った。

肥満体？　いや、腹は大きく凹(へこ)んでいた。子供を産んだ妊婦のように。小さなモンスターは、男の腹を突き破って出て来たのだ。

　花森が痙攣(けいれん)した。女の髪は足首から胴へと巻きつき、大蛇もかくあらんという大力(だいりき)で、彼の胴を瓢(ひょう)箪(たん)の形に変えたのであった。

　せつらは屋上にいた。彼の意思ではない。濡れた〝道〟が導(みちび)いたのである。

　いかつい顔と身体のコート姿が待っていた。

「よく来たな」

「お招きに与(あずか)って」

　とせつらは応じた。

「しかし、いい男だな。その顔と姿が魔術のようだ。この眼鏡(めがね)をかけていても危ない。惜しいが、早いとこ死んでもらおう。でないと、助けてしまいそうだ」

　男は〈新宿駅〉の方を指さした。濡れた痕(あと)が、幅五〇センチくらいの筋になって続いている。

　せつらの足は自然に動いた。

　男は眼をしばたたきながら、

「きれいに頭がつぶれてくれ。でないと、いつまでも残りそうだ」

「やれやれ」

　せつらはまさしく濡れ痕の上を歩き、安全柵(さく)の前で地を蹴(け)った。

　柵の上に立つと男の方を向いた。

「では」

　と言った。

「達者でな、色男」

　と言ってから、男は、

「冥土(めいど)の土産(みやげ)だ。おれの名は崖ヶ谷新次――下で会ったのは弟の新三郎と妹の伽椰だ」

「ご丁寧(ていねい)に」

　言うなり、せつらは身を躍らせた。〝招き水〟の妖術に従ったというより、自らジャンプしたがごと

き動きであった。

男——崖ヶ谷新次は足早に投身地点に近づき、ひょいと柵の上に上がった。不安のかけらもない動きであった。

下を見て、彼は動かなくなった。

「こっち」

という声が聞こえたのである。ふり向いた背後——反対側の柵の上に、秋せつらはコートの裾を風になびかせつつ立っていた。

「どうやって?」

新次は呻いた。

「空中までは」

とせつら。〝招き水〟の妖力は、それが付着し得る場所にしか効かないのだ。

「再戦——といきたいが、危そうだ。あとで線香でも立ててくれ」

身を躍らせるのは、新次の番であった。否、猛烈な揺れが襲ったのだ。

彼は石のように落ちて行き、アスファルトに激突する寸前、氷上をすべるがごとく滑らかに、ホテルの玄関へと吸い込まれた。

「〝招き水〟を流したか」

せつらは柵を下りて、昇降口へと向かった。〝招き水〟は、乾ききっていない。彼はすれすれ——床から数センチの空中を移動しているのだった。


ホテル内は意外な静謐を保っていた。昼間の客は少ないのと、みな慣れているからだ。地震は定例行事のようなものである。

スイート・ルームが無人でもせつらは驚かなかった。入室前に放った〝探り糸〟がそう伝えたのである。

床の上から数本の髪の毛を拾い上げた。すぐに投げ捨て、窓に刺さったメスのところへ行って、引き抜いた。

床は血まみれだ。空気にはコルダイト火薬の臭いが濃く漂っていた。

「射たれて反撃した」

とつぶやいた。

「それから——わからない。教えて」

せつらに請われて無視できる者はいない。そいつが天井からとびかかったのは〝教える〟ためだったのかもしれない。

せつらに背後から抱きつき、ふりかぶった〝子泣き童子〟の鉤爪は、血にまみれていた。

3

「置き土産」

万が一、せつらが戻って来た場合の抹殺用であろう。

だが、ふり上げた爪は、そこで停止し、小さな身体は一度痙攣したきり動かなくなった。

「しゃべれる?」

と、小さな顔を見ながら訊いた。

「ぐわお」

それは、小さな口を思いきり開いて威嚇した。眼は狂気と憎しみがせめぎ合っていた。

「残念」

せつらが言うなり、それは頭頂から股間までを見えない糸に裂かれて、左右に落ちた。

肉塊から黒い泥状の粘体と変わる前に、せつらは部屋を出た。

花森は〈新小川町〉の一角にある「仁科医院」を訪れた。顔の右半分は頬骨が剝き出しになり、鼻もかじり取られた無惨な形相であった。

〈新宿プリンスホテル〉の近くからタクシーで乗りつけたのだが、運転手も通行人も、さしたる驚きのふうも見せなかったのは、さすがに〈魔界都市〉である。悲鳴を上げた奴も何人かいたが、観光客に違いない。

「〝食人鬼（グール）〟にやられたかね？」

と運ちゃんは明るく話しかけて来た。

「似たようなものだ」

「痛むかね？」

「見ればわかるだろう」

「なに、いい医者にかかれば、一〇分でもとの色男に戻してくれるさ。けど、『仁科医院』はよしたほうがいいぜ」

「どうして？」

「〈新宿〉にゃ非合法の病院も山ほどあるけどよ、あそこはいちばん評判が悪い。わざわざ行こうってんだ。前にもかかったことがあるんだろ？」

「…………」

「そのとき、騙されたんだな。なあ、悪いこた言わねえ、よしなって。何なら信頼のおけるとこ紹介するぜ」

「いや、このままやってくれ」


花森の他に患者はいなかった。

ハンカチを取ると、仁科院長は眉をひそめた。

「これは――〝子泣き童子〟にやられたな」

的中であった。

「わかるのか？」

「ああ。歯の痕と損傷部位でな」

「強化処置には大枚払ったぜ」

「効果のない相手もいると言ったはずだ」

院長は患部をチェックすると、

「単なる修復と強化レベル・アップと、どちらを選ぶかね？」

と訊いた。

「修復でけっこうだ」

「よろしい――では、麻酔をかけよう。全身か部分か？」

「なしでしてくれ」

院長は、レーザー照射器にかけた手を止めて、花森を見つめた。

「マゾか？」

「放っといてくれ」

「了解。では準備にかかる。少し待ちたまえ」

言いおいて、院長は出て行った。

花森は椅子の上で身体を捻って、診療室内を見廻した。

院長はすぐ戻って来た。

「動けるかね？」

と訊いた。

「いいや――麻痺ガスを流したな」

花森は凄まじい眼差しを当てた。

「手術中に暴れる患者が多いものでね――しゃべれるだけよかろう」

「志賀巻か？」

「そうだが、君より早くここへ来たわけじゃない。二日前に賞金がかけられた。かなりの額だ。もうひと棟増築できる。必要な機器も含めてね」

「倍出そう」

「レベル・アップの費用も出せない患者がかね？」

院長は嘲笑した。

「いま連絡したら、依頼人は治療中だそうだ。君も一矢を報いたらしいな。それでよしとしたまえ。君に関しては八つ裂きにして届けろだ。かなりひどい目に遭わせたとみえる」

院長は戸口の方を見た。白衣の看護師が四人入って来た。男女二人ずつ。白いマスクの上の目は冷酷そのものであった。これからやる手術を知悉しているのだ。椅子から花森を運び上げ、手術台に寝かせた手際も、整然たるものであった。慣れている。

花森の上半身を剝き出しにすると、院長が一同を見廻し、

「これから解剖を行なう」

と宣言した。

「術式は君たちの記憶チップに収めてあるとおりだ。予定所要時間は六〇分。では術式A1、心臓の摘出を行なう」

「やめろ」

花森が叫んだ。

「何度も経験したが、生体解剖時での患者のクレームは、手術(オペ)への集中をはなはだしく乱す。しかし、やる気を刺激もする。このまま行ないたいが、反対の者は？」

誰もいなかった。

「では――」

Sの光にかがやく院長の眼は、手にしたメスに注がれた。

看護師たちは、冷ややかにそれを見つめていたが、少しして、院長の顔に変えた。メスはそれ以上動かなかったのである。

「どうしました？」

男のひとりが訊いた。

「手が動かん」

花森の眼が光った。

院長が悲鳴を上げた。手にしたメスは、その両眼を横一文字に切り裂いたのだ。

自由気儘(きまま)にとんだ血を浴びて、看護師たちが後じさる。

そこへ院長が突進した。妙にぎくしゃくした動きだが、手はスムーズに動いた。頸動脈(けいどうみゃく)を断たれた看護師が頭蓋骨穿孔(ずがいこっせんこう)ドリルを掴んだ。スイッチON。唸り立てるドリルの先端を院長の心臓に突き立てた。血と肉がとび散るのは、喜劇映画のレベルであった。

その間に、花森は手術台ごと診療室を脱出していた。

見えない手に引かれるように廊下を抜けて、待合室で止まった。

受付の看護師が席を立とうとして硬直する。

女看護師が追って来た。右手に注射器、左手に花森の服を握っている。手術台に近づき、花森の頸動脈に射ち込んだ。

四肢(しし)の自由が戻った。女看護師は、注射器を抜いた姿勢で立ちすくんでいる。

「ありがとうよ」

礼を言って、花森は服を着込むや、病院を脱出した。

通りへ出て、左右を見廻す。左――〈四谷方面〉へ走り出し、五分もすると小さな神社の境内へ駆け込んだ。

葉も落ちた銀杏の巨木の下に、秋せつらが立っていた。

「ようこそ」

と言った。茫洋たる表情だけ取れば、彼が生命の恩人だなどとは、花森ですら考えもしなかったであろう。

「あんたのお蔭だな」

と言ってから、手足を眺めた。

「ここへ来た途端、自由になった。院長がスタッフを斬りまくったのも、同じやり方か？」

「ご無事で何より」

とせつらは言った。

「お疲れでしょう。近くに評判の定食屋がありますが」

ちょっと考え、花森は右手を顔に当てた。

「しかし、この顔では」

「大丈夫――ここは〈魔界都市〉ですよ」


せつらが屋上で、崖ヶ谷新次と闘っている間に、花森は男の腹から出て来た幼児型のモンスターと生きた髪を相手に死闘を繰り広げていた。

強化処置を受けた筋力も、〝童子〟をふりほどくことはできず、巻きついた髪の蛇を除くこともできなかった。

顔の半分は食い破られ、半ば窒息状態に陥りながら、彼は最後の武器を持っていた。

左手首から噴出したメスは、志賀巻の喉を襲った。彼は動けず、〝童子〟の伸ばした手も、髪の毛の動きも間に合わなかった。

依頼者の負傷に、崖ヶ谷姉弟が動揺した刹那、妖術は破綻した。

〝童子〟と髪蛇をふり放して、花森は壁をぶち抜いた。外へ出ても敵は追って来なかった。

せつらが崖ヶ谷新次に勝利したのは、その少し後であった。

そのときすでに、花森の脱出には気づいていたが、スイート・ルームを訪れたのは、彼を待ち伏せていた〝子泣き童子〟を尋問したかったからだろう。また、敵がそれを残しておいたのは、花森の意外な奮闘ぶりから、せつら暗殺も失敗の可能性大と踏んで、彼が復讐に戻って来た場合に備えたためである。

「頑張るね」

せつらは揶揄するように言ってから、味噌煮込みうどん定食のうどんをつるつるとやった。

「病院の件は感謝する。しかし、どうやって突き止めた？」

花森の注文は、サバの塩焼定食である。

顔半分が骸骨な男が定食屋で食事をする、というのもなかなかスリリングな光景だが、二組——四名の客も女店員も、さして気にするふうはない。〈区民〉なのだ。もっとも、全員がせつらに見惚れて、それどころではなかったのかもしれない。

「細いGPS」

とせつらは答えた。

GPSとはむろん、GPS衛星による全地球衛星測位システムのことだが、〈新宿〉ではいっさい通用しない。せつらの返事はその名前だけを借用したもので、妖糸を指しているのは言うまでもない。

花森は眉を寄せて、

「何のことだ？　しかし、おれの居場所がわかったってことは、志賀巻のもわかるのか？」

と訊いた。

「残念」

志賀巻の居場所を探る必要が、あのときのせつらにはなかったのだ。彼との契約は切れたが、花森からの依頼はなかった。

「依頼します？」

と訊いてから、奥で恍惚（こうこつ）としている女店員へ、

「昆布茶（こぶちゃ）」

と注文する。

「年寄り臭いな」

花森は呆（あき）れた。

「もう老齢で」

「あんたが老齢なら、おれはどうなる？　姐（ねえ）さん、そこの『特別料理』――マムシのを一杯」

「いけますね」

せつらは感心した――と思うが、のんびりしすぎていて、よくわからない。

「あんたもどうだ？」

「遠慮します。それより――」

「依頼なら、やめておく」

「はあ」

さして残念そうでも意外そうでもない。

「あいつだけは誰の手も借りずに殺してやる。おれを八つ裂きにするつもりなら、おれはその倍の目に遭わしてやる」

「憎しみは何も生みませんよ」

「およそ、気が入ってないね。棒読みだ。自分でも信じちゃいないだろ？」

「ははは」

「だが、言ってることは正しい。おれは不毛な戦いをしているだけだろう」

「やめたら？」

花森は噴き出した。

「ま、それが最良の手だが、そうもいかん。憎しみというのは、なかなかに消えてくれないのだ。あんたはもう手を引いてくれ。世話になった。生きていたら必ず礼をする」

「あの三人――強敵（や）だけど」

「何とかなる。殺らなければ殺られるだけだ」

「カッコいいけど、諦めるくらいなら、最初からやめといたほうが」

　花森は笑った。

「そうか。そのとおりだな。なら、こうしよう。死んでも仇は討つ」

「はあ」

　というその肩を叩いて、花森は、じゃあなと立ち上がった。

　少しして、昆布茶を飲み了えたせつらも後を追い、レジで花森が彼の分も支払いを済ませていると知らされた。

「カッコいい」

　しばらくの間、彼は孤独な復讐者の去った戸口を見つめていた。

第四章　グラス一杯の狂気

1

〈四谷三丁目〉の路地をひとつ曲がると、古い石造りの建物が現われる。二階建ての4LDK程度だが、表面に走る細かい亀裂が、〈魔震〉の直撃に耐えた記念碑だと告げている。

　だが、この家を〈新宿〉の名物のひとつとし、近隣住民さえ近づかなくさせているものは、背後にそびえる倉庫のような建物であった。

　民家ではない。

　門柱に掲げた木の看板に、黒ペンキで、

「医学研究所」

とある。達筆だ。

　近所の話では、片目を眼帯で隠した中年の女性がひとりで暮らしているという。

　人々の興味の中心は、裏の倉庫であった。たまにひとの出入りがある。たいがいはみすぼらしいホームレス・タイプだが、そんなとき、倉庫の窓には明かりが点り、低いモーター音がひと晩中鳴り響くという話だ。

　白川奈緒美は尻から責められていた。

　激しい突きが送り込まれるたびに、白い肉の盛り上がりに噴き出す汗が震え、滑り落ちていく。

「どうだ、どうだ——この淫乱」

　尻をつぶしていた男が、何度も繰り返した台詞を重ねた。

「おれをこんなふうに変えやがって。その報いだ。ほれほれほれ」

　尻が激しく鳴った。

「ああ……感謝したらどう？」

　女が声を絞り出した。

「あなたみたいな弱虫を……こんな強い男に……変えてあげたのよ……もっと……もっと突いて……私の口から突き出るくらい……激しくう……」

　淫らな音が何度も続き、ふっと熄んだ。

チャイムの音が消えるに合わせたかのように、男は離れた。奈緒美が尻を落とす。

もう一度チャイムを押そうとしたとき、ドアが開いて、貧相な男が、コートを手にとび出して来た。花森の方を見ようともせず、門のところで、つっかけた靴をはき直し、窃盗犯並みのスピードで走り去った。

「何だ、あれ？」

こうつぶやいて、ドアへ眼を戻した花森は、そこに立つ白衣姿を見て、驚いた。

「白川さん？」

「ええ――どなた？」

陰のある声で、おまけに右眼には黒い眼帯――なのにむっとする色香が吹きつけて来るのは、やや厚めの唇と白衣のせいか。

「〝裏名所リスト〟を見て来た。花森といいます」

小声で伝えると、

「白川です。裏へお廻りなさい」

こう言って、ドアを閉じてしまった。

手入れなどしたこともないような芝生を踏んで奥へ廻ると、倉庫のような建物が現われた。

下りたシャッターの前で待っていると、母家の裏口から奈緒美が現われ、リモコンでシャッターを開けた。

夕暮れの光が窓からさし込み、五〇坪近い内部は、理科の実験室を思わせた。

壁を埋める棚、棚を飾る薬瓶、大テーブルに並んだフラスコ等の実験用具、発電器、水槽、銀色のコンテナの山。

天井からぶら下がる滑車やロープ、鎖等を見れば、それこそ得体の知れぬ品物を保管し、運び出す倉庫のようにも見えるが、主人の服装と学者的な雰囲気が、知的な場所らしさを保っていた。

隅にあるソファをすすめ、奈緒美は、

「ご希望は？」

と訊いた。

「改造手術をお願いしたい」

「レベルは？」

「4」

「高価いわよ」

「後払いにしてほしい」

「さよなら」

立ち上がる白衣の胸を、小さな銃口が狙った。

銃身と銃把を切り取ったM16自動小銃のカスタムであった。ほとんど機関部だけだが、発射は可能だ。

奈緒美の表情に緊張と怒りが広がった。

花森は肩をすくめて武器をソファに置いた。

「ガスガンだ。オモチャだよ」

「試してみただけ？　なぜ中止したの？」

「性分でな。脅かしてすまない」

花森は立ち上がった。

「何処へ行くつもり？」

「工事現場か花屋」

「何それ？」

奈緒美が眼を細めた。

「金儲けと——趣味だ」

「花屋の店員が？」

「ああ。花屋をやりたがってたのがいてな」

花森は何気なさそうに言って、

「じゃな。また来るわ」

シャッターの前へ着いたところで、

「人を脅して挨拶もなし？」

奈緒美が声をかけた。

「すまなかった」

「口じゃ一文の得にもならないわ。ここで働きなさい」

「え？」

「助手兼清掃員。トイレ掃除付きで一年間。その代わり、レベル4の改造費はまとめて天引きしてあげる」

「これは厚遇だな。だが、そこまでしてもらう理由がない」

花森は苦笑を浮かべた。

「——と言いたいところだが、甘えさせてもらおう。よろしくお願いする」

「いいわよ」

「理由だけ聞かせてもらいたいが」

「気まぐれよ」

「嘘は困る」

「——花屋は、ひとりでやるつもりだったの？」

花森は肩をすくめた。

「いらっしゃい」

奈緒美は背を向けて、実験室——といっていいだろう——の中央へ歩き出した。

縦横五メートルはありそうな大テーブルがあった。真ん中に瓶やフラスコや試験管がまとまっている。どこから手を伸ばしても届きそうにない。

奈緒美は構わず進んだ。身体の一部が触れると、テーブルの一部はするりと移動した。それを三度繰り返して、奈緒美は難なく中央部に辿り着いた。花森も続こうとしたが、ビクともしない。奈緒美が通った道は、移動したテーブルの一部が戻って塞がれていた。動いた分、テーブル全体の形はいびつになっている。

花森が違う方向へ進もうとすると、そこからテーブルの端まで全体がのいて道を作った。

しめたと進むと、左右の部分が、次々に前へ移動し、嚙み合わさって形を整え、テーブルから突き出た長い通路を形成してしまう。

「おい、出られないよ」

と声をかけると、奈緒美は少し邪悪に笑って、

「誰もここまで来られない。秘密を手にすることはできないのよ」

指先で左方の一部を突くと、たちまち通路が出来た。

「誰がこしらえたんだ？」

「母方の叔父」

花森が奈緒美の隣に来ると、部品どもが取り囲んだ。

奈緒美は台に並ぶ4と書かれた試験管を手に取った。黄色い液体が七分ほど入っている。

「意外と簡単でしょ。でも、私以外は誰もここまで来られないの」

「おれは?」

「花屋は特別」

片眼が危険な光を湛えて花森を映した。

「いろいろな連中が、あなたと同じ望みを抱いてやって来るわ。お金さえ貰えば叶えてあげる。でも、いい死に方をした男も女もひとりだっていない」

「そう言ってもかい?」

「みんな、自分なんかどうなってもいいと思っているのよ。それが、私の噂を聞いてもここを訪れる理由」

奈緒美は試験管を花森に手渡した。

「――ひとりだけ戻って来た男がいたわ。〈区外〉のマフィアに家族を殺され、復讐のためにスーパーマンになりたいと言って来たの。要求はレベル1――私の造れる最強の超人よ」

「…………」

「仇は討ったわ。でも、恐れていたとおりのことが起きた」

「――何だ、それは?」

「副作用が強すぎたの。超人ならいいけれど、狂った超人は最悪のモンスターよ。彼は仇を討った後、無関係な人たちを三〇人以上殺して、〈新宿〉へ戻って来た。そこでもすぐ二四人を殺害して、結局行方不明のままよ」

「戻って来たと言ったな?」

花森には、眼の前の女医師が抱く闇が見えてきた。

「ようやく薬の効果が薄れてきたのね。私に何と言いに来たと思う?」

「中和剤をくれ、か？　それとも、自決用の安楽死剤を？」

「あなたは善い人らしいわね」

　奈緒美は微笑した。善い人の言い方が気になった。

「彼は、私の前でこう言ったの。もっと強い薬はないのか？　ってね」

「殺し足りないってわけか」

　花森は泣きそうになった。

「こんなに愉しい思いはしたことがない。人を殺すって最高にスカッとするぜ」

　奈緒美は花森の眼を見つめたまま続けた。

「最初から副作用の件は断わってあった。でも、彼はそうなったら自分で自分を始末すると笑ったのよ」

「他の連中もそうなったのか？」

「どうかしら。五、六人はニュースになったけれど、〈機動警察〉ややくざに殺されたそうよ。あとはわからず終い。それでも、お客はやって来る。自分のためじゃないの。家族や恋人や友人の仇を討ちたいんだってね」

「断わったらどうだ？」

「はい、わかりましたって引っ込むと思う？　そのときは、みな本気なのよ。自分のためじゃない。仇を討ったら自殺しますってね。あなたもそう」

「おれは――」

「自分に勝つ自信はあって？」

　花森は腕組みをした。すぐ首を横にふった。

「いや、ない」

「正直な人ね――やめておく？」

　奈緒美は、光る眼で彼を見据えた。

　これはおかしい。いままでの言い草からすれば、やめておきなさいが正しいのではないか。

　花森は眼を閉じた。眉が寄った。内心の葛藤に耐えていたのだ。いや、死闘だったかもしれない。

「やめた」

きっぱりと言って、後じさった。デスクは道を開けた。

「本当にいいの？」

奈緒美が訊いた。声は無数の触手と化して、花森の全身に粘りついた。

「いらん」

彼は肩をふって歩き出した。

2

チャイムが鳴った。

せつらは、ポリポリやっていたザラメを卓袱台に置いて、三和土の方へ、

「何の用だ？」

と声をかけた。

「訊きたいことがある」

訪問者の声は、聖夜のイメージを伴っていた。心身が荒廃の極みにあろうとも、静謐を得ることができる声。

せつらは右手を軽く動かした。

ドアが開き、身を切る夜風が入って来た。

「上がるぞ」

「はいよ」

せつらが立ち上がり、茶箪笥から新しい湯呑みを取り出したときにはもう、白い影は卓袱台の向かいに正座していた。

「番茶だけど」

「けっこう」

「品川巻とザラメしかないけど」

「けっこう」

「じゃ、ま」

せつらは湯呑みに茶を注いでメフィストの前に置いた。

「気を遣いたもうな」

「一応、お客だし」

「頂戴する」

片手で湯呑みを取り、片手を底に当てて、静かに空けた。

品川巻を取って口に入れるのも、まずひと噛みしてから、ポリポリのせつらより遥かに上品だ。

「育ちがいいこと」

せつらが言った。茫としているからそうは聞こえないが、勿論、イヤミである。

「血筋は争えん」

返事はせんべいを呑み込んでからだが、いつ呑み込んだかわからない。そもそも噛み砕いたのか？　いや、噛み砕くという人間的な行為が、この白い医師には無縁としか思えない。

せつらはザラメをガリガリとやらかし、お茶と一緒に呑み込んだ。しかし、こちらはテンから茫洋としているせいで、ある意味、もっと似合わない。

「で？」

「夢を見た」

とメフィストは言った。

「へえ」

こちらはどうでもいいふうだ。

「見知らぬ男が二人、それと君がいた」

「はあ」

「時間も場所もわからん。次の瞬間、全員黒い孔に呑み込まれた」

「おやおや」

「男の顔だ」

丸めたスケッチ用紙が卓袱台に置かれ、自然に広がった。

志賀巻である。

「見覚えがあるようだな」

「ああ。山ほど」

「何とかしたまえ」

「何を？　どうやって？」

ぼんやりと尋ねるせつらへ、

「これは予知夢だ。やり方はわからんが、何とかしなければ、君たちは暗黒へまっしぐらだ」

「わかった」

せつらは、のんびりと言った。

「――では、失礼する」

メフィストは立ち上がった。空気は小揺るぎもしない。ここにいるのは本物の彼なのだろうか。

「おや」

とせつらが、彼を見た。メフィストが品川巻をひとつ取って、素早く口へ放り込んだのを見逃さなかったのだ。

「血筋がどうとか」

メフィストが沈黙を守って出て行くまで、

「ポリポリ」

「バリバリ」

とせつらは追い討ちを二度かけた。

花森が〈四谷〉を訪問しているのと同じ頃、志賀巻は〈高田馬場駅〉前の〝サイバー・ビル〟にいた。

電子ゲームの素材やプレイ・ルームを集めた六階建ての屋上ペントハウスが目的地であった。

二人付いている。崖ヶ谷新三郎と伽椰である。

「腕は確かなんだろうな？」

何も記されていないドアの前で、志賀巻は何回となく繰り返した質問を放った。

「あたしたちに任せてください」

伽椰がさり気なく弟に目配せした。

「いちばん腕のいい〝変身屋〟ですよ」

と新三郎も保証した。

「簡単な手術と薬で超人になれます」

「おまえたちもやったのか？」

志賀巻にじろりと睨まれ、二人は眼の焦点をぼやかした。

新三郎がノックした。

ロックの外れる音が響いて、

「お入り」

嗄れた声が応じた。老人か老婆――区別はつかなかった。

志賀巻が、

「おや？」

拍子抜けの声を洩らしたほど、平凡なオフィスの一室であった。

さして豪華でもない応接家具が、間に合わせのように並んでいる。

「おかけ」

三人がソファに腰を下ろすと、隣室のドアから、直角に腰を曲げた老婆が現われた。杖をついているる。地味だが普通のスーツ姿なのに、どこかお伽噺の魔法使いのような印象があった。

三人の前の椅子に腰を下ろすと、

「高価いよ」

と言った。蓬髪が揺れた。

「電話で話したとおり――金はもう指定の口座に振り込んである」

志賀巻が、薄気味悪そうに言った。

「そうだった」

老婆は頭を軽くふって、

「確かめたよ。この頃、忘れっぽくなってね」

にやりと笑ったかさかさの唇の間から、黄色い歯が覗いた。志賀巻を見て、

「悪党が」

と言った。侮蔑丸出しの口調である。

志賀巻が、なに？　と凄んで睨み返しても平気の平左で、

「どういうわけか、うちへ超人の手術と薬を求めて来る奴は、どいつもこいつも悪党さ。それも中途半端なセコい悪党と相場が決まってる。崖ヶ谷姉弟――あんたたちも、もう少しでかい仕事を踏んだらどうだね？」

「黙って聞いてりゃ――舐めくさりやがって」

志賀巻がキレた。

「おい、今日の手術がしくじったら、絶対に只じゃ済まねえぞ。何処へ逃げても捜し出して、八つ裂き

にしてくれる」

「おやおや、〈区外〉の人間にしちゃ威勢がいいこと。覚悟は出来てるね」

「当たり前だ」

「じゃあ、おいで——あんたたちはここでお待ち」

老婆は立ち上がり、やって来たドアの方へ歩き出した。志賀巻が続く。

ドアが閉じると、姉と弟は顔を見合わせて、にやりとしたが、すぐに不気味そうな表情に変わって、

「〈区外〉の物知らずがどう変わるか、お手並み拝見だね」

「今度会うときは、超人か死人か」

そして、ドアの向こうから、断末魔としか思えぬ志賀巻の呻きが洩れて来たのである。


「お花どうですか、お花？」

白い息を吐きながら通り過ぎる通行人へ、紅い薔薇の花を一輪向けても、そのたびに無視されるばかりで、真っ赤なコートの花売り娘は、ついにキレた。伝法な口調で、

「けっ、せっかく大枚はたいて、若返りの手術受けたのによ、こんな可愛い女の子の差し出す花を、誰も買っていきゃしねえ。どいつもこいつも呪われて死んじまえ」

その頭から靴先まで、黒いものが覆った。

娘——もどきは、影の主を見上げた。

ひと目で獲物——好人物とわかる男が笑顔で見下ろしていた。

「あ、小父ちゃん、お花買って」

と差し出すのを手に取り、匂いを嗅いだ。

「いいとも。みんな買ってあげよう」

「ありがとう」

「こっちへおいで」

男は娘を手招いた。すぐ後ろに路地が口を開けている。

入ると男はすぐ、コートの内側から幅広の肉切り

包丁を抜いた。刃渡りは三〇センチを超す。

「小父さん……やっぱり」

後じさる娘の鼻先で、丸めた万札が揺れた。

「怖いことなんかない。この街に怖いものなんかいるものか。何から何までみいんな怖すぎて、小父さんはもう何にも怖くないぜ。さ、受け取れ。その代わり、あちこち少しずつ斬らせておくれ」

「変態」

娘は手にした花をふりかぶった。

近づいて来る男の顔面へ叩きつけた。

これが凄まじい威力を発揮したのである。男は後ろ——路地の反対側まで七、八メートル吹っとんだ。地べたへ倒れ、眼を見開いて、

「おまえ——サイボーグだな？」

と訊いた。

「当たり。この頃は並の手段じゃビクともしないどころか、いたいけな幼女の稼ぎまで毟り取ろうって奴らが増えてる。さっさとあの世へ行きな。財布はちゃあんと頂いてくわ」

娘は路上の小石を拾い上げ、男めがけて投げた。娘のパワーは一五〇〇馬力まで絞り出せる。石は男の顔面に命中した。

小気味いい音であった。娘があっと叫んだ。時速六〇〇キロ超の小石は、男の手の平で受け止められていたのである。

男が跳躍した。横になった姿勢のままで跳び上がったのである。

娘の頭上でナイフが閃いた。


〈旧区役所通り〉の頂近くにある〈バッティング・センター〉の前へ差しかかったとき、人殺しだという叫びが遠く聞こえた。

花森は足を止めて、右手を見つめた。

平然と道を行く〈区民〉たちの中から、声の方へと走り出したのは〈観光客〉だった。

一度ふり返った。

穏やかな顔に悲痛な色が浮かんだ。

彼はすぐ前方を向き、足早に通りを下りはじめた。


その晩、〈新宿三丁目〉の「ホテル・ラビット」では、ルーム・サービスの注文を受けたメイドが、三階のスイート・ルームのチャイムを鳴らした。

「お入り」

ドアは開いていた。

「失礼します」

メイドは、支給されたガード・リングの発射ボタンを確かめた。右の人差し指に嵌めたリングは、赤い人造ルビーからガス・レーザーを放射する。致命傷には至らないが、一種の麻痺状態を与えられる。

おかしな客、危険な客に関するマニュアルは、容赦なく放射しろ、であった。

カートを押して入ったルーム・サービスはジョニ黒とレアのステーキであった。

三〇畳を超すリビングには誰もいなかった。

――危険人物？

と思ったとき、奥のバス・ルームの方からシャワーの音が聞こえて来た。安堵がそれに合わせて全身を流れ落ちていく。

「ルーム・サービスです。お持ちしました」

シャワーの音に負けじと声を張り上げた。

返事はない。

もう一度呼びかけようとした。

ドアが閉まった。

マニュアルはまず、身を守れと記してある。

ドアはびくともしなかった。

制服の襟についた通信機へ、名前とルーム・ナンバーを告げ、

「閉じ込められました。サポート願います」

と告げる。保安センター直通だ。

応答はなかった。

カートを摑んでドアへと移動し、カートを盾に、

もう一度、連絡を取ろうとした。
笑い声がした。
戦慄が全身を貫いた。
声は背後からであった。
悲鳴を上げてふり返った。
誰もいない。自身の影だけだ。
足首が摑まれた。
そっちを見る前にガス・レーザーを照射する。
反応なし。
足首を見た。
黒い手が摑んでいる。
息を引いた。
手は床に落ちた彼女の影から伸びているのだった。
いきなり引かれた。
数分後、ルーム・サービスへ、スイート・ルームの客から連絡が入った。
落ち着いた声で、注文した品が来ないと告げた。
「すぐお持ちします」
新しいオーダーは到着したが、メイドと彼女が運んだ品はとうとう見つからなかった。
スイートの客も警察の取り調べを受けたが、来ないと言われればそれまでだった。
客の名は立花司である。

3

崖ヶ谷伽椰は、眼を醒ますなり、とんでもない失態を犯したのに気がついた。
隣の志賀巻がいない！
跳ね起きた途端にめまいが襲った。
眼を閉じて、耳鳴りが遠ざかるのを待つ。
――あいつ、危いわ
心底そう思った。
はじめて会った日から、ベッドを共にした。それも料金のうちである。

　大した相手ではなかった。

　伽椰の中に入ると、さして動きもせずに果てた。それまでの愛撫は執拗だ。だが、テクニックと呼べる代物ではなかった。〈区外〉の連中は軒並みこれだ。人間と獣とも呼べない動物たちと、安全温和なセックスの果てに、自分は性豪だと思い込んでしまう。お遊びの席でさしたることもない悪霊、妖物と交わった瞬間、精神に異常を来し、病院へ搬送される男など、まともな相手とはいえなかった。

　それが、あの日以来変わった。

　手術したその日に交わった瞬間、伽椰は混乱状態に陥った。

　灼熱の杭が打ち込まれ、その熱が全身を駆け巡る。かろうじて留めた意識も、別の部分から侵入し、性感の中心を責めまくる指と舌の動きに錯乱し、伽椰はシーツに指を立てながら失神した。

「やめないで」

「後ろからして」

「指をアナルへ」

「乳首を吸って」

　淫らな要求も平気で、底なしにできた。全身が性器に化けたような気がした。

　兄と弟に打ち明けると、みな否定的だった。

「あの手術で、攻撃と防禦はアップしても、そっちのほうが凄くなることはねえ」

　と新次は断言し、新三郎も、

「もともと、おれたちから見りゃ、大した野郎じゃねえ。金だけはあるようだから、毟り取るまでは言うことを聞いてやるさ。だが、あの手術を受けて、姉貴が顎出すほどの化物になるなんて、聞いた例しがねえよ」

「ま、しばらく付き合ってやれ。そのうち元に戻るさ。手術と同じにな」

　それが、この様だった。

　行方不明は今日がはじめてではない。あの手術の翌日——昨日もそうだった。

昼間からベッドへ誘われ、貪り食らうような愛撫の果てに失神した伽椰は、彼が夜明け前に戻って来るまで、街中を探しまくる羽目になったのである。兄と弟は別の件で出かけていた。

何処へ行ってたの？　と訊いても返事はなく、無表情を通す志賀巻の横顔に、伽椰は不気味なものを感じた。

——手術じゃなくて、別のものに憑かれたのか⁉

だとすれば、あの狂気のような責めもテクニックも納得がいく。

問題はそのあとだ。志賀巻は何処で何をしているのか？

——次からは〝髪縛り〟をかけておこう
そう決心して、志賀巻の行きそうな店へ片端から連絡を取ってみた。みな風俗店である。あの凄まじいセックスからの連想だ。口惜しい話だが、あの男が自分ひとりで満足したとは思えなかった。


意外に早く結果が出た。

〈新大久保駅〉前の風俗店に、それらしい男がやって来たというのである。人相風体を訊いてみると間違いない。

伽椰は屋上へ上がった。

コートの前を開けたまま、バレリーナのごとく回転を開始する。

昇降口の前から屋上の真ん中へ——回るたびにコートは色彩を変え、羽のように広がっていった。

中央——伽椰はまばゆいかがやきの女王となって床を蹴った。

舞い上がったものは、まばゆいかがやきを身にまとった妖精のように見えた。

夕暮れの〈新宿〉をそれは光の粉を撒きつつ飛翔し、五分とかけずに〈新大久保駅〉前の、ビルとビルの間に舞い下りた。

右方のビルは施工中で、骨組みしか出来ていない。

地上五メートルほどの高みで、前方に黒い人影が滞空した。

黒ずくめ――それなのに、彼女の万倍も美しい。

「秋せつら」

「ホテルの前まで行った」

とせつら。

「上を見たらとんでった」

要するに、伽椰の泊まっているホテルの前まで出向いて、何かの拍子に上を見たら伽椰を目撃したということだろう。しかし、自分も空をとんで追尾してくるとは――伽椰は何も言えなかった。

「どうしてあたしを？」

と訊いたのは、数秒後のことだ。

「今朝、捜索の依頼を受けた。この件は、依頼主から素性を明かしても差し支えないと言われている。〈余丁町〉の笹波さんて？」

「ああ」

少し考えて、伽椰はうなずいた。

「二年と少し前に〈区外〉で殺したやくざね。親族の依頼？」

「そ。やっと、君の犯行だという証拠を掴んだらしい。一緒に来てもらおう」

「悪いわね。今、あんたと同じことをしてるのよ」

「志賀巻？」

「目下、行方不明なの。一緒に捜してみない？」

「何があった？」

せつらの問いは、相も変わらず茫洋だ。本気で訊いているとは思えない。

伽椰は空中で、急に冷風に吹かれたような気がした。それも途方もなく冷たい風に。

「手術を受けたのよ」

自分でもわからぬうちに答えていた。

「どんな？」

答える必要もなさそうな、ぼんやりした問いだ。

「全身の強化よ。ただし、外科手術の他に妖術も使ったわ」

「ヴァージン婆（ばば）」

とせつらはつぶやいた。

「あそこは危（やば）い」

伽椰へではない。自分に言い聞かせたのだ。

その瞬間、全身に黒いすじが絡（から）みついた。

伽椰の口から迸（ほとばし）ったもの——彼女の髪の毛だ！

せつらの動きは封じられた。といっても抵抗したのかどうか。

「どうしたらいいかしらね？」

伽椰は静かに愉しそうに訊いた。

「私たちを追っているなら、文句なしでバラバラにするところだけれど、ここまでいい男だと、ちょっともったいないわ」

「賛成」

「とぼけてるわね」

伽椰は苦笑した。声を低くして、

「ねえ、あたしと寝てみない？　その結果次第では何とかしてあげてもいいわ」

「何とか？」

「あたしたちの仲間になるの。仕事だって縁がないわけじゃないし、じき慣れるわ」

「ふーん」

せつらは少し首を傾（かし）げた。苦しいのかどうか、さっぱりわからない。

「やっぱり、連れていく」

「そう言うと思った」

伽椰は不気味に笑った。地上五メートルでの鳥人たちの会話であった。〈区外〉の人間が見たら、これぞ〈魔界都市〉と、携帯やスマホを手にした連中で路地は埋め尽くされるだろう。

「なら、やっぱり」

伽椰の眼が光りはじめた。

「——でも、やっぱりねえ」

青い頰（ほお）をはっきりと紅（くれない）に染め、その眼から恍惚（こうこつ）の光をしたたらせる女殺し屋は、もはや自分で自分を制禦できぬようであった。

表情は熱くとろけ、冷たく整い、淫らに脈打った。

　ぎん、とひとつに絞られた。

「死んで」

　次の瞬間、数千本の髪の毛は、刃と化してせつらをまさしく数千の肉片に変えるはずであった。

　だが、その切れ味が髪の先まで届く寸前、死の黒髪は半ばほどからぶつりと切り離された。

「おまえは!?」

　声は虹色のかがやきとともに上昇した。

　美しい蝶のごとく三階にあたる鉄骨の上に着地したその頭上へ、黒いコート姿が迫る。

　美蝶を襲う凶鳥へ、髪の毛が走った。せつらの足首に絡みついたそれは、さらに伸びて、後方の鉄柱に巻きついた。

「ん？」

　せつらが小首を傾げた。妖糸をふるっても、髪は半ばまでしか切れなかった。

「刃の分子でコーティングしてある。そちらは切れなくても、こちらは切れる」

　動けぬせつらの頭上へ黒い影と質量が迫った。空中に渡された鉄骨の一本を、黒髪が両断したのである。

「美しく死なせてやりたかった。顔だけ避けてみろ！」

　鉄骨と床の間にせつらは吸い込まれた。

　重い衝撃と轟きがビルを揺すった。衝撃波が駆け巡り、鉄骨だけのビルに愛想をつかして大空へとび出した。

　その余韻が消えぬうちに、

「どーも」

　せつらは斜めにかしいだ落下鉄骨の上に垂直に立っていた。つまり、棒立ちになった伽椰に対して、斜めに立っていたのである。

「どうやって、その髪を？」

　せつらがそこにいる以上、封じた髪は切り離されたに決まっている。

愕然（がくぜん）と呻く伽椰へ、

「こちらも新製品」

と眼の前で、左の拳（こぶし）から何かをつまんで引くように、右手を動かした。

伽椰は眼を凝（こ）らしたが、何も見えなかった。せつらは新しい妖糸のつもりらしいが、本当にそこにあるのかどうか。

まばゆい羽が光の粒を撒き散らしながら上昇に移った。

せつらも舞い上がる。

その顔と胸とを黒い無限長の髪が貫いた。そればかりでは終わらなかった。

せつらは直立不動の姿勢のまま、大きな弧を描いて、彼方（かなた）の鉄骨に激突した。そこから落下する身体が、黒い手に引かれて空中で凄（すさ）まじい回転を示すや、近くの鉄骨に激突したのである。もう一度——遠い鉄柱に。打撃は五度続いた。せつらは、蓑虫（みのむし）状態でぴくりとも動かない。

「今度こそ」

伽椰はつぶやいた。

彼女は眼を閉じていた。

「見たくないけれど、見なくてはね」

頭をひとふりするや、せつらの死骸は眼の前にぶら下がった。鉄骨に巻きついた髪の毛は、さながら蜘蛛（くも）の糸のように美しい若者を空中にさらした。

「ああ、見たくない」

心底そうつぶやいて、伽椰は顔をそむけたまま、突っ伏したせつらの髪の毛を摑もうとしてやめた。両手をそっと頬に当て、ゆっくりと持ち上げた。

かすかな溜息（ためいき）が洩れた。それは愛（いと）しい者の死を嘆（なげ）く恋人の悲憤（ひふん）というよりも、天与（てんよ）の芸術作品を打ち砕いた芸術家の後悔と、慨嘆（がいたん）であったろう。

せつらの顔を起こした手は震え、彼女の全身が痙攣（けいれん）した。

正面を向くまでの葛藤（かっとう）は、まさしく地獄であったに違いない。

　震えが激しくなった。

「許して――あたしも後を追う」

　本心の誓いであった。

　ついに――ついに女殺し屋は眼を開き、プロの任務を全うしようとした。

　傷ひとつない美貌が、茫洋と彼女を見つめていた。

　そして、最もしてほしくないことをしでかした――笑ったのである。

　声もなく伽椰は立ちすくんだ。凄まじい後悔と哀しみに耐え抜いた精神はそのすべてを否定する笑みを見た刹那、千々に砕けてしまったのであった。

「揺するな」

　と秋せつらは言った。

第五章　幽園所（ゆうえんじょ）

1

あの猛打撃に対して、せつらとて無傷でいられるはずはない。彼を救ったのは、鉄柱鉄骨に叩きつけられる寸前、身体の前数センチに張った数本の妖糸であった。

それらは斬るのではなく、弾くのであった。一〇〇〇分の一ミクロンのスプリングのように、チタンの糸は先に打撃物に触れ、せつらの身体を瞬時に撥ね返した。何度叩きつけられてもせつらが無傷なのは、そのせいであった。

伽椰の眼から涙がこぼれ落ちた。安堵の涙だと、せつらが気づくはずもない。

「では――付き合ってもらう」

伽椰は溜息をついた。うっとりと、

「残念でした」

答えるなり、垂直に落ちた。

着地してから、どうするつもりだったかはわからない。その身体は髪の毛一本動かせなくなったからだ。

「連行」

茫洋と宣言して、せつらは歩き出した。どんな方法を取っているのか、伽椰は直立不動の姿勢でついて行く。

すぐ〈新大久保駅〉前へ出た。

夕暮れは闇に近く、人通りも増えている。

駅舎の両端に、〈魔震〉前と〈魔震〉後の写真パネルが飾られ、観光客たちの注目を集めていた。

駅舎は幸運にも最低限の修理で済んだものの、同じ建物を正面から撮った写真に集うものたちは、それこそ日常と悪夢の差があった。××年後の駅前を往来する人々は、背中に白い人影を背負い、真昼の空には異形のものが飛び交い、幾つも渦を巻いている。

〈魔震〉以後、数千人のカメラマンが〈新宿〉を訪れ、シャッターを切ったが、恐らく天文学的な数字に達するその成果の、九九・九パーセントは、何処かに仕舞われたままだ。

駅舎の前を〈大久保〉方面へ通り過ぎようとしたとき、通行人の中から、

「あれ!?」

驚きの声が上がった。わずかに遅れて、伽椰が崩れ落ちる。

間髪入れずその身体を抱き上げて、雑踏の中を〈大久保駅〉方面へ走り出した影がある。パナマ帽を被っている。

二本の糸がそれを追い、巻きついた。影の腕がそれを払うと、糸はあっさり切れた。舗道から白煙が上がる。

「この前のお返しだあ」

こちらを向いて叫んだ痩せぎすの男は、〈魔界都市〉一の用心棒――サン・雷人であった。

「この女の用心棒になってみせるぜ」

とせつらに親指を突き立ててみせたのは、上衣の内側に貼りつけてあったらしいＰＰＶ（個人用紙製車輌）にまたがって、走り出したときであった。

文房具屋で幾らでも入手し得る厚紙やケント紙に特殊加工溶剤をスプレーした上で、乗り物用の部品を切り出す。エンジンもハンドルも排気ノズルも紙製だ。時速二〇〇キロで一時間が限度だが、〈区内〉〈区外〉を問わず利用できるし、厚みを戻せば通常のバイクや小型車輌として充分機能する。

伽椰を小脇に、片手で操縦桿を巧みに操りながら、サン・雷人は走り去った。

時にはこういうこともある。気にしたふうもなくせつらは次の目的地へ向かった。

四件を片づけ、五件目に取りかかったのは、翌日の日暮れ近くになってからであった。

〈矢来町〉にある特別育児所である。

二四時間営業の施設へ預けられる子供たちも預け

る親も普通とは異なる。正確に言うと、引き取る親たちのほうが、かもしれない。

　せつらの前後に何組かの母子がついて、せつらは受付に並んだ。

　これから仕事に出かける母親たちは、休みを知らぬこの施設に子供たちを託しては夜の街へ消えていく。

　せつらを見た受付の女子職員は、それきり動かなくなった。

「こちらに呉さんという保育士の方がいるはずですが」

　職員は機械的に、

「六号室です」

と答えた。声も口調もしっかりしているが、溶けている。せつらの名も職業も用件も訊こうとしなかった。早すぎる夢見る時間が訪れたのである。

　どーもと応じて、部屋へ向かうせつらの背後で、何よ、あれ？　あの人誰？　という声が蠢いた。せつらの顔を見なかった女たちであった。

　ノックすると、ドアの上に装着されたビデオ・カメラが、自動的にせつらの方を向いた。

「あーあ」

　ドアの向こうで何が生じるか知り尽くしたせつらのつぶやきであった。

「ドナタデスカ？」

　記録音声である。

「秋と申します。呉さんにお目にかかりたい」

「少シオ待チクダサイ」

　答える前にドアのロックが外れた。内部の職員は、せつらの顔をモニターで見てしまったのだ。

　ドアを開いたのは、ショート・カットの似合う若い女であった。美人といってもいい顔は完全にとろけている。

「呉さんですか？」

　せつらの問いの向こうで、呉サンニ御用デス、もにたーヲゴ確認クダサイ、という機械の声が聞こえた。

「はい」

娘はうなずいた。

「〈区外〉から来た方が捜していらっしゃいます。元彼だそうです」

恍惚に身を委ねながら、娘——呉美里は肩をすくめた。

「高見さん？」

「実は名前はまだ」

「依頼主のことも知らないのに、仕事を受けるんですか？」

「時々」

「連絡先は？」

「向こうから来るでしょう」

「なら、こう伝えてください。私は〈区外〉でのことをみんな忘れました。高見さんという方でしたら、そんな名前は覚えておりません。捜さないでください、と」

「確かに」

せつらは、それ以上何も言わずに背を向けた。

歩きながら、美しい後ろ姿の何処かから、小さなハミングが流れ出した。

五メートルほど歩いたところで、

「あの——待ってください」

せつらは足を止め、は？　と訊いた。

娘の頬に光るものがあった。唇が言葉を紡ぎ出した。

「〝君去りし後、僕はひとりで——〟ひとりでどうしたというのよ？　捨ててから憐れんだって意味なんかないわ。その曲だけは聴きたくなかったのに……」

「どーも」

甦った過去は甘美なものに違いない。

せつらは黙って玄関へ出た。受付に向かって、ちょっと、しっかりしてよ、と発破をかけていた子連れの女たちが、せつらを見るや声を失った。

門へと歩き出した背後で、幾つもの泣き声が上がった。

せつら自身が女たちの過去を甦らせたのかもしれなかった。何の関係もない。ただ美しいというだけで、甘美な昔、悲しい昔――どちらを思い出させたのか。

白い塊が幾つも、彼めがけて飛翔して行った。

女の顔がついていた。

狂気に近い怒りの顔が。

「思い出したくなかった」

とひとつが言った。

「余計な真似をして。いま食い殺してくれる」

「やっと、あの人のことを忘れられたと思ったのに」

顔たちは牙を鳴らしていた。

〈魔界都市〉に子供を預けなくてはならない母親たちの思い。それにつけ込んで巣食った悪霊たちがいま解放されたのだ。


呉美里の向こうで遊んでいた子供たちの頭上や背中にも、せつらは異形のものを認めていた。

それもまとめて面倒をみる――特別育児所の「特別」の意味はここにあった。

白い顔たちは、せつらの首と頭上に止まった。

そう見えただけかもしれない。

光の瞬間が生じた。

一閃で顔たちは離れた。どれも頭頂から二つに裂け、空中で痕跡も残さず消えた。

〈魔界都市〉の春秋を経たチタン鋼の糸は悪霊も断つのだった。

別室の保育士に受け持ちの子供たちを任せ、呉美里は、休憩室に入った。

長椅子で横になるや、様々な思いが去来した。

ひとつに集約した。

裏切られた。

愛した男に地獄を見せられた。男は心から詫びた

が、美里が見ていた夢は未来へ通じていた。あまりにも簡単にそれを断ってから、心底謝罪してどうなるというのだろう。

その絶望を補うために、美里は〈新宿〉へ――〈魔界都市〉へやって来た。

目的は、男を呪い殺すためだ。そんな力を持つ、或いは授けてくれる黒い人々が溢れ返っていると聞いた。

だが、奇怪な雑踏に揉まれて数日としないうちに、美里は自分に殺人などできないことを思い知った。

現在の職を見つけて〈新宿区民〉となったのは、それを見抜いた結果だった。何とか生きていけると思った。実はそうではないと知ったのは、あるバーで水死人のようにぶよついた連中に襲われたときだった。

そいつらの醜さも、近づいて来るおぞましさも気にならなかった。あ、死にたいんだな――はっきりと自覚した。

あのとき助かったのは僥倖に過ぎない。死ぬまで、生きてみろ――誰かにそう言われた気がした。

時が経つうちに、やり直せるような気分になってきた。憑かれた子供たちの世話をしたせいであった。

〈区民〉は、憑依霊や悪霊のターゲットだ。〈新宿〉の妖気は人間を虚ろにし、妖体を強化する。特に狙われ易いのが、感受性豊かな子供たちである。それも幼ければ幼いほど憑依の可能性は増す。

この託児所にやって来る子供たちの大半――八割が肩や背にそいつらをまとわりつかせていた。

百も承知の経営者は、玄関をトップに、子供たちのあらゆる集合場所に結界を張り、護符や呪文を備えてその跳梁を抑えたが、消滅までには到らず、子供たちはやって来たときと同じ状態で、親に手を引かれて去って行く。

唯一の救いは献身であることに、美里はすぐ気づいた。

魔術的結界を施した空間内にいる間、子供たちは憑かれたように眠りを貪るか、果てしなく歌い続けるか、摑み合いにふけるか、だ。美里や他の職員の眼前で壁を徒歩で昇ったり、天井まで浮き上がる子もいた。

それを救うのは献身であった。誠心誠意子供たちに尽くしている間、彼らは平凡な幼児であり続けた。この仕事が自分に合っていることを美里は確信した。

生きていけると思った。

そこへ、世にも美しい若者が、おぞましい過去を連れてやって来た。希望はまた失われた。

「余計なことをしないでよ。それでなくても、この世は残酷なんだから」

こうつぶやいたとき、所長が入って来た。

たくましい骨格を備えた四十男は、心底不安そうに美里の前の椅子に腰を下ろした。

「〈区外〉が侵入して来たらしいね」

中肉中背の所長は、乾いた声で言った。

「はい」

「気にするのは無理ないが、うちの職員におかしな真似はさせせん。安心しなさい」

「…………」

安心などできるわけがない。

それでも、はいと応じた。所長はひどく優しい眼差しを投げかけ、うなずいて見せた。

もとは〈区外〉の人間だが、〈新宿〉にも託児所が必要だと、私費を投じてここを建てたという。同じような施設が人外の原因によって次々につぶれていく中で、何とか持ちこたえているのは、経営能力の他に本人の霊的能力が高いためだと業界の噂だ。

「今日はもう帰りなさい」

諭すように言う所長に、

「いいえ、やります」

美里は、きっぱりと言い放った。

2

せつらは〈四谷三丁目〉の路地をひとつ曲がって、目的地の前に立った。

門柱に掲げた木の看板に、

「医学研究所」

とある。

門には鍵がかかっていた。

地も蹴らず、せつらは垂直に宙へ浮くと門の向こう――ドアの前に立った。

チャイムを押して数秒後、

「どなた?」

色っぽい女の声が訊いた。

名前と職業を告げると、

「あら、いらっしゃい」

声が懐かしげに言った。

数分後、せつらは居間で白川奈緒美と対座していた。サングラスをかけている。玄関で奈緒美から渡された品だ。

「相変わらずいい男ね――何でもしゃべってしまいそう」

「助かります」

奈緒美は噴き出した。せつらの美貌は最早妖術――というより武器だ。それも個人用としては最強の。ひと目見ただけで、操り人形にされてしまう。人間は本当に美しいものには逆らえない。

それなのに、この寝呆けたような物言いときたら。それも武器かもしれなかった。

「隠し味ね。いえ、隠し武器」

「はあ?」

「何でもないわ、何の御用?」

「男を捜してます。名前は花森――」

「来たわよ」

意外な反応に、さすがのせつらも、

「へえ」

と言った。

「あなたに隠したって、すぐバレる。でも訪問内容は話せないわ。守秘義務があるのでね」

「わかるわかる」

せつらはうなずいた。あまりわかっているとは思えない。その証拠に指で輪をこしらえ、

「少しだけ」

奈緒美は溜息をついた。

サングラスなんか役に立たないのはわかっていた。

「駄目」

「そこを何とか」

ふにゃふにゃと要求するせつらに近づき、その首に腕を巻きつけた。眼を固く閉じ、

「今夜、時間ある?」

「ない」

「じゃあ、私も何も知らないわ」

せつらは眼を閉じた。ぼんやりしているだけなのに、この若者がやると哲学的、宇宙的にさえ感じられる雰囲気が生じる。それだけで他に意味はないのだが、見ているものは男女を問わず恍惚状態に陥ってしまう。美しさ——それだけの魔力だ。

とどめとばかり、上目遣いにちらと見られただけで、奈緒美は完敗した。

「手術の内容だけよ。私が明かしたって、誰にも言わないで」

「勿論」

あまり信用はできない。女医は言った。

「不死身の殺人鬼よ」

「やれやれ」

うんざりしているのか、呆れ返ったのか、暗に責めているのか、せつらの返事からは容易に推測できなかった。案外、どうでもいいのかもしれない。それも金さえ払えば、どんな人間にも変身できる。

「自由」だ。ここは〈魔界都市〉なのだ。

「あの人の望みは、不死身だったけど、それは不可

能だった。そこを曲げてと頼まれたら、別の部分で歪(ゆが)みが生じる」

「殺人鬼」

　とせつらはつぶやいた。

「それだけよ」

　奈緒美は会話にピリオドを打った。

「も少し」

「駄目。それじゃ」

　奈緒美は立ち上がって奥のドアへと歩き出した。

　せつらは引き戻すべく妖糸を放った。黒い塊が糸を撥ね返した。

　今の今までデスクだった品だ。足に巻きつけて放り出そうとした。すると、何処かからやって来たもう一基が付着し、せつらのタイミングを狂わせた。

　妖糸に切断の意思が宿った。

　二度、閃(ひらめ)くや、奇妙なデスクは、がたがたとかしぎ、死骸(しがい)のごとく床に転がった。が、奈緒美の姿は閉ざされたドアの向こうに消えていた。

　妖糸は後を追った。一〇〇〇分の一ミクロンの太さに、ただのドアは役に立たない。

　そのとき、

「いったん手術を受けないって、出て行ったのよ。でも、すぐ戻って来たわ」

　奈緒美の声は、おまけだったのかもしれない。

　糸はもう迫れなかった。

　せつらはそれきり研究所を出た。

　その店は、店名にはっきりと、

「幽霊(ゴースト)バー」

と謳(うた)っていた。

　かと言って、スタッフ全員、或いはホステス全員が幽霊というのは、さすがに〈魔界都市〉にもない。客が全部そうか？　違う。幽霊の数は何とか集められても、それを店員として利用するのは無理――というのが定説だ。

〈新宿〉ならというので、過去何人ものオープン屋や幽霊狩人（ゴースト・ハンター）が試みたが、集めはしても、自分たちの支配下に置くどころか、逆に幽気に当てられ、自滅する連中が続出したと言われる。

　本当は一体でも無理なのだが、中には素直な（?）幽霊や、話のわかる奴（やつ）もいて、〈新宿〉全体できっかり一ダース――一二軒が営業を続けている。

　そのうちで、最も安全かつ料金もリーズナブルと評判なのが、〈歌舞伎町〉の西端に、ひっそりと妖しい灯（ともしび）を点（とも）すここなのであった。

　店内は、開店時から暗く鬱陶（うっとう）しい。店側が意図的に照明を落としていることもあるが、入った客全員が落ち込んでしまう雰囲気は、この手の店に特有のものだ。

　殊更（ことさら）、陰気を強調した化粧のホステスが、懐中電灯片手に席へと導（みちび）く客もまた幽鬼のように陰々（いんいん）滅々（めつめつ）と通路を進み、あちこちで上がる、

「ビール」

「水割り」

「デラックス・オード」

「よろしくう」

のオーダーも、まるで死者のささやきのようだ。

　すでに幽霊はいる。

　しかし、誰かはわからない。自分の隣で陰気に水割りをこしらえているホステスがそれか、陽気にオードブルをつまむ女が幽的なのか、客には判断できない。

「帰るぞ」

　ふと告げた瞬間、正体を現わし、隣の客の多くは、恐怖のあまり失神するという。

　中にはそれきり病院送りになった者もいるらしいが、怖いもの見たさを叶（かな）える究極の場として、客は引きも切らないのであった。もって人間の本性を救われないものと断言することも可能だろう。

　開店から数時間が過ぎ、何組かの客が帰っても、ホステスは正体を現わさなかった。

　珍しく、ボックス席にひとりきりの客がいて、ホ

ステスと会話するでもなく、注文したビールをちびちびと飲っていたが、

「そろそろ行くよ」

とグラスを置いて言った。

――とりあえず解放されるわ
ホステスは内心ほくそ笑んだ。

――店もお客も辛気臭い。いくらお給料とバンスが高価いからって、こんなとこ来るんじゃなかった。でも、あと七時間もあるんだなあ
最後はしょげきって、ホステスは立ち上がった。

胸前に手を突き出し、手首から先を曲げて、

「また、来て、ね」

と言った。

鞄を手に帽子を被ったところだったのが、客には幸運であった。

彼は店内を駆け抜け、ドアから夜の街へと飛び出して行った。勘定は前もってカード決済にしてある。


ホステスは笑いながら、臆病者を見送った。

「化粧がらしくなりすぎたかしら」

それから、別のボックスやカウンターに顔を出して廻った。

どの席の客も凍りつき、他のホステスたちは悲鳴を上げて抱き合った。ホステスは最後にいちばん奥の席に向かった。

これも単独の客とホステスが三人もついている。金があると店長が踏んだのだ。客も拒まなかった。

「あら？」

声に出た。

誰もいない。

水割りのグラスには中身が残っているし、灰皿には煙草の吸い殻が――ホステスは眉を寄せた。

煙は床から上がっている。まだ火の点いているのが三本落ちていた。

――何処行ったのよ？

通路で見廻したとき、足首に凄まじい圧がかかっ

た。

下を向き、ホステスは立ちすくんだ。黒い影が、手の形をした影が足首を摑んでいる。影は奥の壁の前にわだかまった黒い本体からのびていた。

客たちは、立ちすくんだホステスが、いきなり足を引かれてうつ伏せに倒れるのを見た。

頭蓋骨に皮を貼りつけたような顔が苦痛に歯を剝き出し、上体を捻って足首を摑むものに爪を立てた。

次の瞬間——ホステスは黒い本体に引きずり込まれ、この世から消滅した。

この世のものとは思えぬ悲鳴を客たちは聞いた。いや、それは確かにこの世のものではなかった。ホステスは幽霊だったのだ。

では誰が、いや、何が幽霊を何処へ引きずり込んだのか。

呆然とする客たちの中から、苦鳴が噴き上がった。

赤い髪のホステスが、隣の無人の席を指さし、

「お客さんが、このソファの背の中に——黒い手が後ろから出て来て——」

途切れ途切れに恐怖を伝える最中に、ぎゃっとひと声残して、いなくなった。

苦鳴は、それからが本格的だった。

五分ほど経って、ドアからひとりの男が姿を現わした。

この店の、二人目の生き残りであった。

彼は口笛を吹き吹き、雑踏の中へ紛れ込もうとした。

「お待ち」

低いが刃の鋭さを秘めた声が、その足を止めた。

男とすれ違ったのは、そんな声の響きとは縁のなさそうな途方もなく太った女だった。黒いフード付きの長衣を着込み、右手にはねじ曲がった杖をついている。

奇妙なことに、足を止めたのは男ひとりで、通行

人たちはこちらをふり向こうともしない。

「あんたの身体からは、別の世界の匂いがする。あんたの耳からは、人間の悲鳴が聞こえる。何処の何者か白状おし」

男がわずかに膝を曲げ――そこで止まった。

「大した力だが、このトンブ・ヌーレンブルク様の敵じゃあないよ。生兵法は大怪我の素さ。手足の一本もとばないうちに白状しておしまい」

男の灰色の顔の中で、血色の眼が燃えていた。

「あら、闘る気ですわよ、この方」

それこそ水流を弾く珠玉のような声は、トンブの右肩から上がった。

天鵞絨のドレスを身につけた金髪の娘がちょこんと、こちらを向いて坐っている。

妖気漂う人混みの中に、二点の澄んだ海が小さく揺れていた――紺碧の瞳だ。

だが、よく見ればわかる。

この娘は人形だ、と。

3

「あたしん家へおいで」

トンブが向こう向きのまま言った。

「あんたみたいなものを永久に閉じ込める部屋がある。いくら〈新宿〉だって、うろついちゃ危すぎるものがあるのさ」

トンブの声に人形娘の叫びが重なった。

「来ます！」

人形娘は、男が路上に両膝をつくのを見た。そのまま沈み――タールのような影が広がるや、そこから二本の腕が急流のように走って、トンブの足首から腰、背中へと上昇し、両肩を摑んだ。

トンブがよろめいた。影の腕は、本体へチェコ第二の魔道士を吸い込もうとしているのだ。

「あららら」

どてんと仰向けに引き倒されるや、勢いよく路面を滑走しはじめた。

「きゃあ」

ひと声高く叫んだのは、この世に別れを告げる印か。誰が見ても路面に吸い込まれる――しかし、胸前で手を組み合わせ、天空へ、あれえええとオペラの詠唱(アリア)みたいな声を張り上げたものだから、偶然目撃した通行人には、ギャグか宣伝としか思えなかった。

そして、現にトンブの巨体は、腰の上で止まった。引っかかってしまったのだ。

太い足を大根足というが、これはどう見ても長さよりも太さが上で、到底(とうてい)足とは呼び難(がた)いものであった。一応、先がとんがってそっくりかえった魔法シューズを履いてはいるから、一応足であろう。それが、

「ジタバタジタバタ」

と自分で言いながら空(くう)をかいていたのだが、急に止まった。


いつの間にか肩から下りて、そのかたわらに立っていた人形娘が、

「さあ、反撃ですよ」

と言った。

それを耳にしたのかどうか、

「ぬおおおお」

地の底から噴き出すマグマがしゃべれたらこうだろう。世界が怯(おび)え狂うがごとき絶叫とともに、トンブが上体を引き抜いたではないか。よくわからないが、とにかく危機は脱したらしい。

「えい」

と一発。立ち上がった巨体の背には、確かに黒いものがまとわりついていた。

「どうだい?」

人形娘に尋(たず)ねる太った顔は、異様な死闘に錯乱(さくらん)したふうは微塵(みじん)もなく、わっはっはあという自信に満ちていた。影本体ものびた腕もねじくれ、身悶(みもだ)えているのを見て、

「脱出を企んでいるようですね」

と人形娘が言った。

「そうはさせないよ。こんな危険な〝人さらい〟が幅を利かせたら、いくら〈新宿〉だって住人がいなくなっちまう。こら、おまえはあたしが処分してやろう。ふっふっふ。こいつは役に立つ脂肪が採れそうだよ」

そして、魔法王国チェコを代表する魔法都市――プラハ第二の魔道士は、必死に逃げようという蠢く影を尻目に、高笑いを放ちながら、人形娘ともども雑踏の中へ姿を消していった。


せんべい店まで五メートルというところで花森は足を止めた。

午後十時。遠くにひとつ街灯が点っているきりで、月も星も見えぬ曇天だ。

先日の成果で当分血の疼きは治まると思ったが、今日もと請われれば、それはそれで構わない。完全な安定状態は死ぬまであり得ないのだから。

右手をコートの内側に入れて、鞘に仕込んだ肉切り包丁の柄を握りしめた。何本かある愛用の品のうちでも、とりわけ丁寧に手入れをしてある逸品だ。相手は〈新宿〉一の人捜し屋――これを揮うに不足はない。

シャッターを下ろした店舗の横に、生垣と小さな門がある。その奥の建物が、人捜し屋のオフィスであった。

花森は包丁から手を離し、ぶらぶらと目的地に近づいて行った。

心臓が、どんと鳴った。

背後にいる。

ほう、いま帰って来たか。

これはまずい状況といえた。

不意討ちが効かない。ふり返っただけで、相手は警戒する。そちらに向かっていけば、なおさらだ。足を止めても同じだろう。尋常な戦いで勝つ自信はなかった。

　距離は一〇メートル。

　花森は足を止め、路上に片膝をついた。

　相手の足音にはためらうふうもない。怪しんですらいないようだ。

　一気に仕掛けよう。

　五メートルで、花森は包丁を抜いた。来る。

　一気に抜いた包丁を、花森は思いきり足下のアスファルトへ突き立てた。

　凄まじい揺れが半径一〇メートルを覆（おお）った。

　接近者は大きくよろめいた。

　包丁を引き抜きざま、花森は大きくトンボを切った。

　眼前に着地すると同時に、その首すじに刃を叩きつけた。

　異様な手応（てごた）えが伝わった。

　相手はむしろ優雅に路上へ崩れ落ちた。黒いコートのみが。

　中身が抜けたのではない。最初からコートだけが接近して来たのだ。見えざる糸に操られる人形（マリオネット）のように。

　コートの向こうに立つ人影を、花森はもろに見た。見てしまった。街灯の光は届かず、月も星もない。それなのに、標的の美貌は、ぴしりと眼から脳に灼（や）きついたのである。

　それがどんな結果を自身にもたらすか、花森にはわかった。そうなる前に決着をつけなくてはならない。

　彼は包丁を手裏剣（しゅりけん）打ちに投げた。五〇メートルの距離でも外したことはない。脳内の美貌はすでに、彼の全身を麻痺（まひ）の糸で絡（から）め取ろうとしていた。

　心臓を狙った凶器が、標的の足下に落ちたのはそのせいだったろうか。

　大地はふたたび鳴動した。

　美しい標的にとって、これは予想外の事態だったようだ。彼は一度後方へのけぞり、不意に前屈(かが)みに数歩出た。

靴先が路面から斜めに生(は)えた刃の先に当たるや、鮮血が噴き上がった。

花森の胸中に歓喜と勝利がふくれ上がった。

後じさる標的めがけて走るや、凶器を抜き取った。

相手は体勢を立て直していない。包丁をふり上げて迫った。

白光が瞳を灼いた。〈駅〉の方からやって来た車のライトであった。

舌打ちして、花森は身を翻(ひるがえ)した。この街の人間が、観光客以外はそれなりの武器や妖術を身につけているのはわかっていた。

タクシーのドライバーは、歩道にしゃがみ込んだ人影の横で車を停(と)めた。客の指示である。

料金をカードで払い、客は自動ドアを押し開いてとび出した。

「秋さん」

顔立ちを識別できる光源はなかったが、客にはすぐにわかった。影人(かげびと)の美貌自体が発光しているのだ。

せつらに駆け寄ったのは、呉美里だった。明らかに痛みをこらえた顔を確認して、

「病院へ？」

と訊いた。

せつらは、店の方を向いて、

「自宅」

と言った。

タクシーを帰し、美里はせつらに肩を貸して立ち上がらせた。

「じゃ、お茶でも」

「は？」

美里はせつらの顔を直視しそうになり、あわてて眼を閉じた。

歩き出してすぐ、

「あのお」

薄気味悪そうに、せつらの足を見た。

引いているのは右側だ。靴の爪先から、確かに血の筋が歩道に引かれている。

　しかし、せつらは少しも片足で歩いているようには見えないのだ。歩道を踏みしめているのは自分ばかりで、片足の男は、まるで宙を飛んでいるかのごとく滑らかに歩行中としか思えないのである。

「何か？」

　と訊かれた。

「いえ、何でも」

「はあ」

　五分で〈秋人捜しセンター〉のオフィスへ入った。

　せつらが戸棚から救急函を持ち出し、手当てにかかったので、

「あたし――やりましょうか？」

「結構」

　せつらは六畳間の隅でこちらに背中を向け、手当てに取りかかった。単純な切創なら、かなり深くても薬局で買える人工皮膚を付着させれば一時間足らずで治る。

「どーも」

　と戻って来るまでに五分とかかっていなかった。

　そのまま、ポットとお茶の葉と湯呑みと急須がセットになったカートを運んで来たので、

「あたし、淹れます」

　今度はせつらも、

「どーも」

　と任せた。

　急須へ茶の葉を入れながら、

「いつも番茶ですか？」

　と訊いた。

「何か問題でも？」

「いえ」

　湯気の立つ湯呑みからひと口飲って、せつらはひとこと、

「美味い」

　と言った。

「よかった」

「せんべいお好き？」

「いえ」

お茶が不味かったら、訊かなかったなこの男、と思った。

　せつらはそれでも別室へと続くドアを開けて姿を消し、すぐに戻って来た。

　ザラメと品川巻の入った菓子入れを卓袱台の上に載せ、

「どーぞ」

と言った。

　逆らえないものを感じて、美里は品川巻をひとつつまんだ。

「へえ」

と唸った。

「何か？」

「昔、家の近くに古いおせんべい屋さんがあったんです。ずっと昔風の品川巻を作ってた。それと同じ味がします」

　もうひとつつまんで、しげしげと眺める表情は、懐かしさを湛えていた。

「昔の品川巻は、みんなこうだったんだわ。小さくて長方形で縦に筋が入ってて——今じゃみんな棒に海苔を巻いただけ」

　それから、少し間を置いて、

「みんな変わってしまう。お菓子も——」

「人間も？」

　うなずいてから、はっとせつらを見てしまい、美里はめまいを感じた。それで済んだ。せつらはいつの間にかサングラスをかけていたのである。

「高見さん——だったっけ」

「そう、です」

「本気で捜している。後悔も本物だ」

「遅すぎるわ」

「そのとおり」

　とせつらは認めた。

第六章　孤愁者たち

1

「けど、ロマンチックすぎる。品川巻と失恋を一緒にしても始まらない」

美里の眼の縁に小さな怒りが生じた。

「あなた——何かを失くしたことがあります？」

「一応は」

「嘘つきね。そんな綺麗な顔して、失くすものなんかありっこない。だから、そんなことが言えるのよ」

「はあ」

「あなたは世界の終わりまで、この街で生き続ける。他人の怒りにも哀しみにも生と死にも無関係のままで。今度は誰に、捨てた男が会いたがっていると伝えに行くつもり？」

美里の眼には涙が光っていた。

せつらが訊いた。

「何しにここへ？」

「人が殺されると思ったからよ。それもあたしのために。誰も犠牲者にも人殺しにもしたくなかったわ」

「ふむふむ」

いきなり、せつらの頬が鳴った。

美里が呆然と右手を見つめ、

「ごめん。でも——本気にしてないでしょ」

と言った。せつらが平手打ちを黙って受けたことの重大さを、当然わかっていない。

「いいけど」

「ありがとう」

美里は反射的にせつらの手を握り、あわてて離した。

「ごめんなさい、つい」

「いいけど」

「じゃあ、これで。美味しかったわ、おせんべいもお茶も」

「余計なお世話を」

「え？」

「この街は、〈区外〉と別世界だ。〈区外〉の希望は失くしても、別の希望が持てる」

「新しい希望が？」

「そうも言うね」

「あなたみたいな人が、そんなことを言うなんて思わなかった。自慢していいかしら」

「はは」

「じゃあ」

美里は立ち上がった。

せつらは片手を上げた。

美里は動かずにいた。

その身体の何処かで、小さな戦いが行なわれているのであった。すぐに言った。

「依頼があります」

「はあ」

「高見さんを捜してください。私が会いたがっていると言って」

「はあ」

美里は頭を下げた。

「よろしくお願いします」

と言って、三和土へ下りた。

せつらは送らなかった。


〈高田馬場・魔法街〉のヌーレンブルク邸へ、ふたりの男女が訪れたのは、翌日の昼近くであった。

曇り空である。家々の煙突から上がる煙も灰色か黒ばかりで生彩に乏しい。

「やな天気ですな」

達見伸夫と名乗った兄が、応接間の窓の外へ眼をやってから切り出した。

「まったく。でも魔法の材料をこしらえるにはもってこいの天気だわさ」

とトンブ。

「そういうもんですかね」

「で、用件は?」

達見は身を乗り出した。

「昨日、あなたが〈歌舞伎町〉で捕まえたという化物を譲ってほしいのです」

「駄目だね」

トンブは一蹴した。

「あんた方が、どんな能力を持っているのか知らないが、あれは〈魔界都市〉でも野放しにしてはならないものさ。危険すぎる」

「そこを何とか」

伸夫はかたわらの美女へうなずいて見せた。妹の康子という。白い手がぶら提げてきたボストン・バッグから小さな金属の箱を取り出して、テーブルの上に置いた。

箱の表面に刻印された奇怪な紋章を一瞥した途端、トンブの眼が大きく見開かれた。

「これは——ガーションの箱?　まさか」

「我が家の宝ですが——捕獲物と引き換えに」

伸夫の眼には、勝利のかがやきがあった。

トンブは腕組みし、ついでに三重顎へ手を当てて、

「うーむ」

と考え込んだ。

「ガーションの箱ですわよ」

と康子がそそのかすように言った。

「使い方次第で、世界の半分はあなたのものになります。これまで試した連中はみな失敗——消えてしまいましたが、トンブ・ヌーレンブルク様ならば」

トンブの丸顔がとろけた。お世辞には極端に弱いという定評がある。

「そりゃまあねえ。その辺の有象無象よりはねえ、うふふ」

「では——ひとつよろしく」

伸夫が箱を進めた。

「でも、うーむ」

また太い腕を組む。

いきなり、轟きとともに家が揺れた。構造材がきしみ、埃が降ってくる。

「〈魔震〉だ」

伸夫が叫んで、ドアの方へ走った。康子が後に続く。

「いずれ、また」

と伸夫が叫んでドアからとび出した。

トンブは塵の舞う天井を見上げていたが、急に中腰になった。

「えい！」

叫びとともに尻を床へ落とす。その揺れは〈魔震〉より凄まじかった。

だが——何もかもぴたりと熄んだ。

「むむ、箱がないわさ」

トンブは呻いた。

奥から人形娘が駆け込んで来た。

「大変です。あいつが逃げ出しました」

「そんなはずはない。部屋には一級防御魔力がかけてあったのだわさ。ちょっとやそっとの魔力では——」

「〈魔震〉と思っていらっしゃるようですが、半分はダイナマイトです」

「なぬ？」

「つまり、物理的防禦は怠っていた、と」

「むむむ、やられたか。今の二人の仲間だね」

「きっと、そうですわ」

はらはらしているふうだが、人形娘は何処か愉しそうだ。少しはいい気味と思っているのだろう。しかし、その表情はたちまち沈んだ。

「あれが、逃走させた者たちの手に負えるとは思えません。すぐに〈新宿〉は〃人さらい〃の跳梁を許します」

「わかってる。手は打ってあるんだろうねだわさ？」

「お任せください」

人形娘は小さな手で可憐な胸をひとつ叩いた。

「何処へ行った？」

〈明治通り〉を〈新宿〉方面へ疾走中のＰＰＶ――〃ワンマン・ライナー〃の中で、伸夫は右横に並んだライナーに訊いた。シャツに車輪、エンジン、座席からホイールまで圧搾プリントされた五〇〇馬力の単身輸送車輛は、いま本来の姿を取り戻し、〈魔界都市〉の街路を駆けていた。

「レーダーにはちゃんと映ってるわ。今は横道を抜けて――多分〈歌舞伎町〉へ向かってるわ」

応じたのは康子――とは偽名で本名は崖ヶ谷伽椰。伸夫の本名は新次で長男だ。

「新三郎はどうした？」

耳孔内の通信器から口元にのびたマイクロ・マイクの彼方で、伽椰が顔をしかめた。

「そんな莫迦でかい声を出さなくても生きていけるわよ。私たちの前で、あれを追いかけているわ」

「うまく逃がしたのはいいが、てめえの手の内からも洩らすとは――あの阿呆が。捕まえたら片腕をもいでやる」

「いつでも完璧は無理よ」

「そう言や、おまえもあの人捜し屋に捕まりかけて逃げ出したんだったな。今度奴を見つけたら、その場で片づけちまうんだ」

「そのつもりですとも」

伽椰の眼を凄まじい憎悪が占めた。

「あいつはこの手で八つ裂きにしてやるわ。他人の手なんか借りるもんですか」

用心棒サン・雷人の手でせつらの下から救い出された凶女は、殺意の痙攣に身を震わせた。

「とりあえずは、志賀巻様だ。新三郎には、おれたちが行くまで手を出すなと伝えろ」

「了解」

二分と少しで、二台の単車は〈歌舞伎町〉へ入った。

〈靖国通り〉に面した「ミーティング・ルーム〝アンガス〟」の一室に、世にも美しい若者と男が入ったのは、正午少し前であった。

　それから五分と置かずに、清楚(せいそ)な感じの娘がドアを押し、替わりに美しい若者が出て来た。秋せつらであった。

　内部にいるかつての恋人同士の間で、どんな話が交(か)わされたのか、せつらには関係のないことであった。

　午前中いっぱいをかけて、男の名前と記憶にある顔を、〈歌舞伎町〉の調査センターでデータ化し、外谷良子(とやよしこ)のオフィス〈ぶうぶうパラダイス〉へ送信する――一分とかからず高見の宿は割れた。あとは電話一本で済んだ。

　室内で彼と会ったときの、美里の悲痛な表情が記憶に残ったが、もう消えていた。

　一階の待合室で、せつらはソファに腰を下ろし、話し合いの結果を待った。

　四方の壁に嵌(は)め込まれた一〇台のモニターが、〈新宿〉の〝名所〟を映し出している。

　客へのサービスだ。〝名所〟は約五分でチェンジするが、〈歌舞伎町〉を映した三台のうち一台は、店の前からブレない。

　平凡な光景に変化が生じたのは、せつらが待合室へ来てから十数分後であった。

　走行中のタクシーが、次々と地中へ吸い込まれていくではないか。

「あれ？」

　せつらは眼をしばたたいて、モニターを凝視(ぎょうし)した。

　すでに三台の乗用車と二台のタクシーが乗員もろとも地中に消えていた。

　悲鳴が上がり、強引にUターンする車群に別の車たちがぶつかり、何か積んでいたらしい一台が〈靖国通り〉の真ん中に炎の柱を屹立(きつりつ)させた。

こら面白いと駆け寄った人々が、恐怖の叫びを上げて逃げまどうまで、一分とかからなかった。地を這う黒い手が、彼らの足首を摑むや黒い本体に引きずり込みはじめたのである。

駆けつけた警官も後を追い、パニックがその一角に広がった。

〈明治通り〉の方角からやって来た〝ワンマン・ライナー〟をシャツの中に畳んだ男が、

「こりゃ凄え。あいつはもう完全な化物だ」

と呻いた。

兄と姉に先んじて、それを追っていた崖ヶ谷新三郎であった。凶暴そのものの顔に怯えじみた色が湧いているのは、ダイナマイトを使ってトンブ・ヌーレンブルクの下から脱走させたものが、彼と二人の兄姉の想像を遥かに超えた怪物だと、はっきり認識したせいだろう。

〈高田馬場駅〉前の〝サイバー・ビル〟屋上にあるペントハウス——人間を別の生きものに変身させる老婆に預けた志賀巻から眼を離したのが失敗の原因であった。

彼は逃亡し、三人の想像を絶したものに変貌した。施術した老婆の下へ新三郎が駆けつけると、彼女は死んでいた。〝変身屋〟とは思えぬ首吊り——縊死による最期であった。

〝変身屋〟には似つかわしくない「遺書」がDVDの形で残されていた。新三郎はそれを聞いた。

もしも、次の方法で処分することが可能な人間がいれば、試してみてくれとあった。彼はその「遺書」を手に、志賀巻の捜索に乗り出した。

「遺書」には志賀巻の居場所を探る方法もしたためてあり、それはその辺の電機屋でたやすく手に入る簡易レーダーで充分であった。兄と姉がトンブの家へ押しかけられたのも、このお蔭である。

だが、今となっては——

志賀巻は始末するしかない。

巨大な問いがそこに控えている。

誰が、どうやって斃すのか？

「遺書」には志賀巻の新しい姿が吹き込まれていた。対処法も含まれていたが、役に立つとは思えなかった。

まず考えたのは、とばっちりを食ったら堪らないということだった。ここは〈新宿〉だ。他にいくらでも強力な魔力や戦闘能力を備えた連中はいるだろう。そいつらに任せておれは手を引く。兄貴も姉貴も勝手にすればいい。知らないでいる方が幸せというものだ。彼は「遺書」について詳しくは口をつぐんだ。

新三郎の前方――〈靖国通り〉に面した辺りから、鉄板も歪む悲鳴が上がった。人垣が向きを変えて押し寄せる。

新三郎は背後のビルへとび込んだ。回転ドアを押さえてしまう。入ろうと押し寄せた人々がもの凄い顔でガラス戸を叩いたが、無視した。

金髪の外人女の顔が黒く染まった。

NO！　と叫んで引き戻された。他の連中は逃げまどう。

三〇秒ほど押さえて、新三郎はひと息ついた。したたる汗を手の甲で拭う。

その背後から、

「どーも」

骨まで届く激痛に白く染まった脳内に、秋せつらの茫洋たる挨拶が鳴り響いたのであった。

2

「何してる、〝子泣き童子〟？」

とせつらは続けた。

「な……何も……」

「また出産したら、この世に出る前に子供は二人になる」

二人――つまり二つに裂かれるという意味だ。茫洋たる口調から、すぐには推察しかねるが、いったんそうと知れば、途轍もなく不気味な脅しである。新三郎が生み出す〝子泣き童子〟を赤ん坊の姿のまま、真っ二つにしようというのか、秋せつらよ。

「外の騒ぎと無関係とは思えない。さ、白状白状」

下手な講談師か浪曲師みたいな言い方をせつらはした。それに反応する余裕のかけらも新三郎にはなかった。

痛みは彼を従順なロボットに変えた。せつらの問いに応じて、事情をすべて語り終えたのは、一〇分と少し後だった。

「ふむふむ」

新三郎の肩越しに通りの騒動を眺め、

「責任は取るべきだ」

「………」

せつらは回転ドアを押して、新三郎を先に外へ出た。

〈新宿ピカデリー〉の前の路上に黒い影――乃至、孔――が黒々と広がり、そこから一〇メートルほど離れて、〈機動警察〉の装甲車とジェット・バイク隊が取り囲んでいる。一〇メートル上空には武装ヘリがレーザー砲の銃身を向けて浮遊中だ。快晴の空の下――突如出現した小さな戦場であった。いかにもこの街らしいのは、車輛の間に警察の嘱託僧侶が数珠片手に交じっていることだ。

遠巻きにした群衆だって二〇メートルも離れていない。充分射程距離内だ。

「おかしなものをこしらえた罰だ」

せつらは新三郎の耳もとでささやいた。

「警察になり代わって逮捕しろ」

いきなり通りを駆け出して来た男に、群衆がどよめいた。

「下がれ！」

装甲車のマイクが指示しても、新三郎は、見えない糸に操られるまま駆け続けた。止めようとした警官たちは、裂けた手の甲や脛を押さえて倒れ、それでも立ち塞がると見たか、新三郎は一気に跳躍した。その距離一〇メートル、高さ三メートル。最頂部は黒いものの真上だった。

警官も僧侶も群衆も眼を見張った。空中へ舞い上がった男が、突然、腹から子供を産んだからだ。奇怪な赤児は、泣き声とは思えぬ魔性の叫びを上げながら、路上の影に躍りかかった。鉤爪で裂き、牙を立て、ふっと吸い込まれた。

続けて人々は別の絶叫を聞いた。明らかな恐怖の声をふり絞りつつ、奇怪な赤児の親は、これも頭から黒い影に突進し、路上を血と脳漿で染めた。アスファルト上の影に激突した当然の反応であった。

押し寄せんとする物見高い人垣を、警官は必死で制止し、それをかいくぐって肉迫したカメラマンとTVクルーがデジタル・カメラのシャッターを切って、ビデオを廻す。

彼らが押し戻されるのを確かめてから、

「やっぱりね」

と秋せつらはつぶやいて、右手のDVDに眼をやった。新三郎から奪った例の遺言である。

「最後はこれか？　けど、そう簡単にはいかないな」

彼は足早に人垣を出て、ミーティング・ルームへ戻った。

ドアの前で、ある匂いを嗅いだ。

硝煙だった。

ドアの向こうには、別の戦場が広がっていた。小さな自動拳銃を手にした高見がソファの背にもたれていた。

こめかみを射ち抜いての自殺なのは明白だった。ちらと見ただけで、せつらは美里を捜した。いない。

床に点々と血の花が咲いていた。何処に被弾したにせよ、極めて少量だ。高見の凶器が小口径だったのが幸いしたに違いない。高見は仕止めたと誤解して自らも生命を絶ったのだ。

だが、美里は何処へ去ったのか。床の血は銃弾を浴びた時のものだろう。色からして静脈血だ。肺を射たれたに違いない。

だが、他に血痕はない。美里が自ら血止めをして店を出て行ったのだ。

通りの騒ぎに気を取られて、自分たちのことを失念した無能な人捜し屋を放り出して。

せつらは溜息(ためいき)をひとつついた。ごくささやかな、やり切れなさが感じられる吐息であった。

何処かで銃声が鳴った。

戦いは影によって開始された。黒い手が前方の装甲車を摑むや、誰も止めようのない速さで本体に引きずり込んでしまったのだ。科学的に言えば同化だろうが、目撃者全員が、幽鬼の手で地獄へ引きずり込まれる人間の姿だと感じた。

装甲車の八〇ミリ徹甲弾(てっこうだん)が、一二・七ミリ劣化(れっか)ウラン弾が、火炎放射が、人体ほどの目標へ集中した。劣化ウラン弾が砕ければ、放射能を帯びた破片が〈新宿〉中に塵となって拡散するが、そんな些細(ささい)な事情に〈新宿警察〉は頓着(とんちゃく)しない。〈メフィスト病院〉から、除去装置(クリーナー)の五台も借り出せば済むことだ。

炎と土煙(つちけむり)へレーザーが閃(ひらめ)く。

新たに二台の装甲車と七人の警官を呑(の)み込んで、影は〈大ガード〉の方へと移動しはじめた。

三〇メートルと進まず、〈新宿駅〉から〈コマ劇場〉へと続く〈中央通り〉の交差点で停止した。歩道を埋め尽くした群衆の中から、男がひとり走り出たのである。分厚い防寒コートの内側へ忍ばせた右手は明らかに凶器を含み、影を見るその眼は、正視し難(がた)い憎悪に燃えていた。

花森であった。

二メートルと離れていない影へ向かって、

「何に化けても、おれの眼はごまかせんぞ、志賀巻」

と告げた。

どんな姿に変わっても、それが理解できたのか、影はぶるぶると身を震わせた。怒りの表現と知ったのは花森だけであったろう。

「おまえを捜して〝変身屋〟を当たるつもりが、途中でタクシーでここの騒ぎを知った。よく会えた。もう逃がさんぞ、本性にふさわしい姿になった化物め」

彼は右手を抜いた。

大刃の肉切り包丁が姿を現わした。

いかに憎悪に理性を失ったとしても、戦車砲やレーザー・ビームの攻撃を無効と化せしめた相手に、これ一本で挑む気か。

「やめたまえ」

スピーカーの声が流れて来た。

「それは危険だ。物理攻撃が役に立たない悪鬼そのものだ。すぐに退去しなさい」

少なくとも説得の声が本気でないと、一発でわかる口調であった。警察も、物は試しだと考えているのだ。平凡な一〈区民〉が、戦闘のプロも及ばぬ能力を備えている場合が多々ある——それが〈魔界都市〉だった。

「くたばれ」

小さく放って、花森は地を蹴った。

影の手が走った。

両足首を摑んだ手へ、花森は刃を閃かせた。

いかなる物理攻撃も無効にする黒い手は難なく路上で切断され、刃は方向を変えて影本体をアスファルトごと串刺しにしてのけた。冬の街路に白日夢のごとき悲叫を人々は聞いた。この化物も痛みを感じるのだ。

それを証明した男は、もう一度武器をふりかぶった。

次の瞬間、人々の脳裡にこのひとことが閃いた。

——もう一匹か!?

武器をふりかぶった姿勢のまま、男は〈大ガード〉めがけて後ろ向きに滑走したのである。引きずられている。

さらに奇妙な現象が起こった。

〈大ガード〉前——〈靖国通り〉と〈新宿通り〉が嚙み合う交差点で、男の身体は見えない手にすくい取られたかのごとく舞い上がり、〈靖国通り〉沿いのビルを軽々と越えて、視界から消失したのである。

そこに集まった殆どの人々がそれを目撃したが、そうでなかった者たちの、

「消えたぞ!?」

という合唱に、影のことを思い出した時、硝煙と炎と砲弾の痕のみが残された路上に、それはもうどこにも見えなかった。

〈中央通り〉の横——「ドン・キホーテ」の前に集まった人々の中で、

「いたのか、秋せつら」

と低く呻いた声がある。

崖ヶ谷三兄弟の長兄——新次であった。

「新三郎の連絡が絶えたのは誰のせいかと思っていたが——なるほど、これでは無理もない。だが、志賀巻は奪い返した——とは言えんが、いずれおれたちが手なずける。そのための邪魔者は、ひとり残らず死んでもらおう。しかしまず、志賀巻をもう少しまともにしなければならん——伽椰、秋せつらの家へ行け。依頼人としてな」

かたわらで、怒りと絶望と憎しみとを煮えたぎらせた声が、

「ええ、わかってますとも」

と応じた。なお路上の戦闘の名残に気を取られていた人々が、ぎょっとふり向いて、美しい声の主を見た——そんな声であった。

それから三〇分とたたないうちに、〈四谷三丁目〉の「医学研究所」の治療室で、

「これは、ひどいわねえ」

〈新宿〉の怪我人病人を見慣れた医師のものとは思えぬ悲惨な声が上がった。

　ストレッチャーの上に腰を下ろして、だらんと垂らした花森の両足首を診た女医・白川奈緒美は、顔をしかめて、

「ただの外傷じゃない。呪術の毒が骨まで食い込んでいるわ。これは厄介よ」

「何とかなりませんか？」

　と訊いたのは、花森ではない。玄関からストレッチャーを押して来た美しき人捜し屋・秋せつらであった。

　先刻の〈靖国通り〉戦で、〈大ガード〉の方へ花森を滑走させた上、妖糸を巻きつけて空中高く舞い上がらせたのは、勿論彼だ。

〈中央通り〉の裏手に着地させ、駆けつけると、両足首が焼け爛れていた。

〈メフィスト病院〉へと思ったが、花森はここを告げた。

「あいつを刺せたのも、そこの先生のお蔭だ」

と。

　今、その先生は暗澹たる表情を隠さない。

「このままじゃ、呪いが全身に廻って狂い死にするわ。残念ながら、私は攻撃型改造手術が専門で、防禦のほうは疎いのよ」

「オッケ」

　せつらはあっさり言った。それから、

「とりあえず、応急手当てを。あとは〈メフィスト病院〉へ連れて行く」

「駄目だ」

　と花森が言った。力強い声であった。

「おれの身体はここで改造された。やられはしたが、奴に充分な打撃は与えた。もっと強くしてもらいたい」

「わお」

　奈緒美は肩をすくめて、せつらを見た。

「患者がこう言っている以上、私は手を打ってみた

いけど」

「依頼人ではないので、好きなように。任せる」

「それじゃあ――預かります」

奈緒美は手ずからストレッチャーを押して治療室を出て行き、すぐに戻って来た。

「治せる？」

せつらが、ずばりと訊いた。

女医は首を横にふった。

「でも、あの人は助かるつもりがない」

せつらは、

「そのとおり」

と返した。妻と子が無惨に殺害された時、花森も死んだのであった。それ以後の彼は復讐（ふくしゅう）の念が形を取った動く死者でしかない。求めるのは、復讐のための力と武器だ。奈緒美の研究所なら、それが手に入る。

3

「彼の望みを叶（かな）えることは？」

「五分五分（ごぶごぶ）ね」

こちらも素早い。希望的観測はゼロだ――というより、言っても何にもならない相手だとわかるのだ。美しい人捜し屋が。

「望みは狙った相手を一撃で仕止められる力（パワー）よ。でも、それには霊的な部分が欠かせない。彼に無理矢理身につけさせると、彼自身の生命をもぎ取ることになるわ。今日、〈靖国通り〉で暴れた彼の仇（かたき）のように。あれは本質的に邪悪な人間が悪霊（あくりょう）とタッグを組んだ成れの果てよ」

「本質的にねえ」

「彼は根本的に善良なる魂の持ち主よ。仇との戦いでは、それが最大の欠点になる。勝ち負けを競うなら、彼は永久に仇を討てません」

「それを承知で?」

「地獄へ堕ちても、と主張しているわ。でも、それには彼の本質的な部分——魂が変わらなくてはならない。あたしでは無理な相談よ」

「変えられる相手は?」

奈緒美は人さし指を立てた。

「三人いるわ——ドクター・メフィスト」

これはきっぱりと、

「二人目は——トンブ・ヌーレンブルク。でも、この二人はおそらく手を下さない」

「三人目は?」

「ミセス・ヴァージン。このお婆さんがいちばん危ない。〈高田馬場駅〉前の〝サイバー・ビル〟屋上のペントハウスにいるけれど、良心の痛みもなく平凡な人間を悪魔化させるくらい平気でやるわ。〈靖国通り〉で暴れた存在を作り出したのは、間違いなく彼女よ」

「ふむふむ」


この時点で、老〝変身屋〟がすでにこの世にいないことを、奈緒美は知らない。

「じゃあ、あとはよろしく」

せつらはさっさと背を向けた。本来ここに彼の用事はないのだ。花森を救った理由は自分でもわからないが、その望みを叶えてやった時点で、御役御免と意識しているはずである。

ドアを開けた時、

「患者さんたちによろしく」

おかしな台詞を吐いて出て行った。


バスを乗り継いで、〈十二社〉の店に戻ると、意外な客が待っていた。

「仕事の依頼よ」

シャッターの前で立ち尽くしていた伽椰は、少しも変わらぬ憎悪の瞳にせつらを封印し、すぐにそっぽを向いた。いかなる憎しみも敵愾心も、せつらを目のあたりにすれば朝露のように溶けてしまう。

「それなら、まあ、こちらへ」

せつらは生垣の方へ顎をしゃくって歩き出した。

「お茶を淹れるけど」

「結構」

伽椰はそっぽを向いたまま言った。

せつらはお茶道具のカートから番茶を淹れ、せんべいを載せた菓子入れを卓袱台に載せた。

「何のつもり？」

「依頼ならお客だし」

そのお客とは一昨日生命のやり取りをしたばかりだ。

「おかしな男ね」

「僕に言わせると、依頼に来るほうが」

伽椰は唇を歪めた。

「人を捜して」

「それが仕事だ」

「名前は鐘鬼——ミセス・ヴァージンの一番弟子よ。ミセス・ヴァージンのことは？　知ってるわね？」

「何とか」

「彼女——縊死したわ。とんでもないものを作り出してしまったからと言ってね」

「良心的」

伽椰はまた唇を歪めて、

「私たちが捜しているのは、彼女の技を継いだ弟子よ。あまりに悪魔的すぎて、弟子はみな逃亡したと言われているけれど、ひとりだけ最後まで残った男がいたの。それが鐘鬼よ」

「記録に残ってないけど」

「破門されたのよ」

「へえ」

せつらの返事が変わった。普通は、はあである。興味を抱いたらしい。

「これは噂だけど、鐘鬼はミセス・ヴァージンから学んだ呪法に、自ら編み出したテクニックを加えて、師を凌駕する邪悪な魔法を創案してしまったのよ。それを知ったミセス・ヴァージンは彼がその邪法をふるえないように処置し、放逐したというわ」

「それも聞いたことが」

「ざっと二年前の話よ。でも、殺したわけじゃない。二年の間、鐘鬼がどんな思いを抱いてどんな技を創出したか――〈新宿〉の魔道士、妖術師は、みな想像しないように努力しているそうよ」

「知らぬが仏」

「そのとおりよ」

言ってから、伽椰は自己嫌悪の表情になった。

「ひとつ訊くけど」

「何かしら?」

「捜し出してどうする?」

「余計なお世話よ。イエス?　オワ・ノー?」

「山下将軍」

「え?」

伽椰は眉を寄せた。せつらは答えず、

「何か資料は?」

と訊いた。

「へえ、引き受けるのね。感心したわ」

「仕事」

「残念ながら、資料はひとつもなし。いま口にした内容がすべてよ。鐘鬼に関する記録は、ミセス・ヴァージンの手ですべて抹消されているの。連絡はここへ」

伽椰は卓袱台の上に、一枚のメモを載せた。携帯のナンバーが記されていた。

「頼んだわよ」

と言ってから立ち上がりかけ、せつらが卓袱台の上を見つめているのに気がついた。

「何よ?」

「いや、字がおかしい」

「え?」

とメモを取って見たが、おかしなところなどない。

「何がおかしいのよ?」

「だから、字が」

「大きなお世話よ」

歯を剥いて――危い! と思った時は、せつらの顔を正面から睨みつけてしまった後だ。

伽椰はめまいに襲われ、よろめいた。三和土へ下りる戸口の柱にすがって、何とか倒れずに済んだ。

せつらが見ている。何とかしなければならなかった。

「依頼が果たされるまでは――何でも協力するわ――でも、片がついたら――その瞬間に――あんたを殺してやる――覚えといで」

憎しみを叩き込んだつもりの台詞であった。まるで寝言か酔っ払いのたわごとだと、自分でもわかっていた。

せつらは、

「はあ」

と返して来た。

三和土へ下りる時、足が早く出すぎた。前のめりに倒れる。

――危ない!?

と考えたのも、ぼんやりとであった。

身体は約六〇度の角度で空中に止まっていた。

「少し待ったら」

とせつらがやって来た。

「大きなお世話よ。離して」

「ほい」

きゃっと叫んで、伽椰はもう一度顔から三和土へ落ちて――一センチほど前方の床を凝視している自分に気がついた。

「…………」

とつぶやいた。頭の中で。

ひょいと起こされた。

「車は?」

「持ってるわ」

「〝ワンマン・ライナー〟なら危ない。三〇分待って」

「うるさい」

「まあまあ」

この声を合図に、伽椰は廻れ右をして六畳間へ戻り、卓袱台の前へ坐り直した。

「まあ一杯」

誰が、と思ったが、手は自然に動いた。自分の意志による動きではない。しかし、外からの強制をまるで感じさせない滑(なめ)らかな動きだった。

湯呑みを取って、口元へ運んだ。固く結んだはずの唇は、これも難なく開いて、ひと口、ぐいと飲(や)った。

「どう？」

「不味(まず)いわ。番茶は番茶よ」

「なら、こっち」

反対側の手が、ザラメを摑んだ。

ぼりぼりと嚙み砕いた後、咀嚼(そしゃく)するまでの経過もスムーズなものであった。


「どう？」

「吐き気がするわよ。これまで食べた中でも最低の味ね」

「うーむ」

腕組みするせつらを見て、ざまあみろ、と思った。

せつらが眼を開け、ん？　という表情になった。

「え？」

伽椰は愕然(がくぜん)となった。伽椰はふた口目の番茶を飲んだ自分に気がついた。のみならず、容(い)れ物へ戻したはずのザラメを、またも手にしているではないか。

「実は美味(うま)かった」

「うるさい！」

湯呑みとせんべいを叩きつけるように置いて立ち上がった。

「ひとつだけ」

とせつらは言った。

「僕はあなたの居場所を知らせろと依頼を受けている。けど、あなたが持って来た案件のほうが重大だと判断して、この依頼は後に廻す。片づいた瞬間にあなたを依頼者の下へ連れて行く」

「いいとも、やってごらん」

伽椰は嘲笑した。我ながら迫力に乏しい笑いだった。

「一刻も早い解決を待ってるわ。ああ、愉しみだこと」

さっさと三和土へ下りてオフィスを出た。

生垣を出たところで、携帯が鳴った。

新次からだった。

「志賀巻はいま〈新宿駅〉の構内にいる。傷を癒やしているんだが、それよりも痛みで狂暴性に拍車がかかりそうだ」

「何てこと」

「それでだ。これ以上暴れると、おれたちも手が出せねえ。これは別のところから仕入れた情報だが、ヴァージン婆さん、自分が作り出したものを抑える術も同時に開発していたという。希望的観測だが、新三郎はそれを見つけたかもしれん。ヴァージンの遺書でな。そして、奴を斃したのは――」

「秋せつら」

「そうだ。当たってみろ。一刻を争う」

「わかったわ」

連絡すると言って、伽椰は携帯を切った。

また、せつらの下へ戻るのかと思った。屈辱と――別の感情が狭霧のように生じていた。

伽椰はふり向いた。

眼の前に世にも美しい顔があった。

「どーも」

ついて来たらしい。そして、兄との会話をすべて聞いていたらしい人捜し屋は、片手を上げて挨拶した。

第七章　鬼捜(さが)し

1

伽椰はもう一度、六畳間へ戻った。

露骨に顔も唇も歪んでいる。この野郎、いつから立ち聞きしてやがった、とでも言いたいところだろう。

「依頼案件に関する情報は、何から何まで提供してくれないと困りますね」

のんびりとつけられるせつらのクレームにも歯を剝きたい気分だが、どうしても怒りきれなかった。

顔、顔、顔である。

「あんたこそ、どんな手を使ったか知らないけど、みんな聞いてたんでしょ。ミセス・ヴァージンの遺言持ってるわよね？」

「はあ」

うなずく顔の前に、白い手が突き出された。

「さっさと渡しなさいよ」

「嫌です」

「私は依頼人よ」

「信用できませんね」

「何ですって？」

「仕事に関して、信用できるのは自分だけです。ですが、この街ではその自分も信頼に値するかどうか。したがって、あなたの要求は叶えられません」

「訳のわからないことを」

伽椰は憤然と呻いた。正直、訳がわからなかった。この美しい若者の張り巡らせる蜘蛛の糸に絡め取られていく気分だった。

ここが踏ん張りどころだと思った。

「いい？　さっさと出さないと」

「はい」

いきなり、卓袱台の上にプラスチックのＤＶＤケースが放られた。ケースは再生機も兼ねている。

今まで嫌だよ、でいきなりこれだ。なに企んでいるのよと思いながら、小さなスイッチを入れた。

ケースの表面に老婆の顔が浮かび上がった。

「あたしはこれから、首吊って死ぬよ」

と来た。

「ちと危いことをやらかしてしまったのでね。しかし、死ぬから万事さよならというわけにもいかない。残した禍いの因は処分しなきゃならないからね。あたしが昔、破門にした弟子——鐘鬼をお捜し。あいつだけが、私のミスを帳消しにできる。奴を××た場所は——」

最後のひとことはひどく間延びし、不意に切れた。

録音中に〝ヴァヴェリ〟が通ったのだ。時たま出現する電気生命体である。録画装置のみがジャムられるから、録画しているほうは気がつかない。

「何てことよ」

拳で卓袱台を叩く伽椰へ、せつらが、

「失望させたくなかったのだ」

しみじみと眼を伏せて言った。

「よくもヌケヌケと」

後の言葉は出て来なかった。怒りのあまりであった。

「いいこと、依頼が片づき次第、あなたを八つ裂きにしてやるわ。でも、仕事中は別よ。一刻も早く鐘鬼を見つけてちょうだい」

「オッケ」

「何よ、その返事。依頼人を舐めてるの？」

「いいえ。お任せください」

胸をちょんと叩いた。舐めてるとしか思えないが、伽椰は何とかこらえた。

「信用するわよ」

「はいっ」

きっぱりとうなずく。表情も、おお、決意が漲っている。しかし、嘘っぱちだ。

伽椰は全身の力を抜いた。これだけ立腹させられながら、彼を頼りにしていた自分が不思議だった。その代わり、必ずバラバラにしてくれると誓った。

「では」

せつらが片手を上げた。

伽椰は立ち上がり、ふらふらと三和土へ下りた。

条件はすでに煮詰めてある。

「送ります」

せつらが言った。

「真っ平よ」

小さな地響きさえ連想させる声で応じ、伽椰は忌々しいオフィスを後にした。

せつらは、〈矢来町〉の「遊学園」を訪問していた。呉美里が勤めていた特別育児所である。

昨日、〈区外〉の不実な恋人に射たれて、ミーティング・ルームから姿を消した娘の面影を、彼なりに気にしていたと思われる。昨日訪れなかったのは、やはり疲労のせいだろう。

だが、応対した事務員は、彼女が昨日から休んでいると告げた。せつらは連絡先を聞いて、「遊学園」を去った。

外で遊ぶ園児たちの中を、黒いコート姿が小さくなってゆくのを確かめ、美里は窓を離れ、ベッドに横たわった。

右の胸が痛む。高見の弾丸が小口径の普通弾だったから助かったようなものだ。弾丸はわずかに肺を傷つけただけで、体内を駆け巡りもせずに止まっていた。ここの医務室で簡単に摘出可能だった。

ノックの音がした。応じると、木曽田園長が入って来た。中肉中背、平凡な顔立ちだが、遣り手に欠かせない包容力がある。

「意外と素直に帰ったね」

「ありがとうございました」

せつらが来るのはわかっていた。何も話したくなかった。美里がよりを戻す気がないと知った高見が最後の手段に訴えたとき、すべては終わったのだ。

「生命が失われたのを見るのと、自分がなくしかかるのとは大違いだ。君はどちらも目のあたりにしたし、体験もした。何か変わったと思わないか？」

「わかりません。警察へ行けば変わるかもしれないわ」

殺人事件が起こったのだ。〈魔界都市〉といえど、知らぬ存ぜぬでは済まない。この街で警察機構が正常に働くというのは、まともな事件の証拠だ。事情がわかれば、余計な手続きを踏まず、尋問係と直属の上司の一存ですぐ釈放される。〈区外〉の人間の起こしたトラブルなど、〈新宿〉の管理機構は構っていられない。

「警察ねえ」

園長は、渋柿でも口にしたような表情になって、

「ま、少し待ちなさい。傷が完全に治ってからでよかろう」

と言った。美里は微笑した。

「そうですね、いつでも行けますから」

「どうしても行きたいのかね？　死を実感したのだ。この街だって、誰もが実感できることじゃない。それで自分が変わったのなら、それで充分じゃないかね」

「変わったかどうか」

「いいや、変わった」

園長は妙に強い口調で言った。

「君はもう、私が知る君ではない。生と死について充分な理解を持つに到ったと、私は考える」

「そんな」

「まあいい。急におかしなことを言い出したと思われても困る。私は君のような体験をした部下が欲しかったのだよ」

「園長先生——あの、どういう意味でしょうか？」

「いや、すぐにわかる。傷が完治するまであと一時間もかかるまい。その後でまた会いましょう」

閉じたドアを、美里はしばらくの間見つめていた。

同じ後ろ姿でも、窓外の黒ずくめの若者とは雲泥

の差が感じられた。あの人はなんて美しかったことだろう。

〈新宿駅〉――〈魔界都市〉の要ともいうべき巨大ステーションが、復活どころか復興の気配もないのは、今も〈新宿〉のみならず〈区外〉でも議論の的であった。

　その地下――東口と西口とをつなぐ地下通路のほぼ真ん中で、わずかだが、ひっきりなしにある音が鳴っていた。

　しゅう　しゅう
　しゅう　しゅう　しゅう
　崖ヶ谷新次は、コンクリートの瓦礫の山に腰を下ろして、足下の黒い孔を見つめていた。

　妹――伽椰に連絡を取ってから二〇分余が経過していた。

　全身が汗で濡れていた。シャツの襟もととネクタイはゆるめられ、それなのに、喉はこんな音をたてている。

　しゅう　しゅう
　しゅう　しゅう
　喘鳴だ。

　奇怪な術を駆使する三兄妹の長男は、呼吸困難に陥っているのだった。

　瞳に映る孔の縁から、黒いものが現われた。

　手だ。踏んばるように五指を曲げ、這いずり寄って来る。

「落ち着け、志賀巻さん。そういきり立つな。落ち着けよ」

　影の前進は熄まなかった。

　新次は呪文を唱えはじめた。

〝ソロモンの交尾の門〟だ。

　だが、手に耳はないかのごとく、それは着実に近づいて来る。

　そして、ついに新次の右の足首を握りしめた。

　絶叫が構内に揺れた。

それを断ち切ったものは、手の上から降り注いだ長い髪であった。

　黒い手は後じさりしながら、虫のように跳んで、孔の縁まで後退した。床に落ちた髪は、引き寄せられたようにその後を追うと、穴の縁で絡みついた。実体が影に。

　手の影は激しく揺れてそれをふり払い、穴の中へと吸い込まれた。

　がっくりと肩を落とす新次の下へ、床を走るハイヒールの響きと光点がやって来た。

　伽椰であった。

　髪の毛を指に巻きつけ、

「逃げたわね」

　返事はない。手の平に貼りつけてあるスキン・ライトを兄に向けて、

「何て様？　真っ青で汗みずく――おまけに、ねえ、一〇〇キロも痩せたんじゃないの？」

　新次の体重は、九九キロ。一〇〇を切るから、これは一種の冗談だが、実際の新次は、誰も否定しないほど痩せ細っていた。服の上からでも、肋骨が透けて見えそうだ。

「志賀巻の妖気にやられたのね」

　伽椰は四方を見廻し、

「ここにいると、兄さん、あと一時間保たないわよ、離れて」

「そうはいかねえ。何とかしないと」

　ごっそりと頬のこけた顔が、妹を見つめた。

　その瞳の奥に何を読んだか、伽椰はすいと身を遠ざけると、

「兄さん――どうかした？」

　と訊いた。

「どうもせん。だが、奴は処分するべきだ」

「こうなっては、ね」

「だから、おまえも一役買え」

　抑揚のない声と異様に血走った瞳が伽椰を捉えた。

――あっ⁉

伽椰は意識もしないうちに、兄が別人になっていたことを知った。

「一役って？」

　まともに応じながら、髪は長く伸びて、新次を呪縛(じゅばく)しようとする。

「あっ⁉」

　今度は現実の叫びだった。鋼線と化した髪は、巻きつき、輪を作り、たちまちほどけた。それに乗ったあらゆる存在の動きを無視し、こちらの目的地へと連れ去る。〝招き水〟。新次の汗がその正体であった。

「依頼人は、腹を空(す)かせていらっしゃる。いくら食っても間に合わないそうだ。おまえも食いたいとさっきから言っている。ここはスムーズな関係を作るために、犠牲になってもらいたい」

「憑(つ)かれたわね、兄貴」

　新次が遠ざかった。

　濡れた床の上を、自分が前方の穴に向かって滑り出しているのだと、伽椰は意識した。

　孔の縁から、あの手がのぞいた。

　不意に広げた五指を、伽椰の足首に。

　奇怪な感覚が襲った。痛痒(いたがゆ)いようなそれは、快感とも思えた。

　伽椰の髪が躍(おど)った。黒い手は手首から切り離され、孔の中へ消えた。

　同時に伽椰の身体(からだ)は空中へ舞った。

「逃げるな、伽椰。依頼人に無礼だぞ」

　仁王立(におうだ)ちになって喚(わめ)く新次へ、

「兄さん、それは二の次よ」

　声は天井に開いた穴から夜空へと抜けた。

2

　これも崩壊した道路の上に着地するなり、伽椰は身構えた。

〝招き水〟から彼女を奪い去ったのは、自前の髪の毛ではなかったのだ。

「ご無事で」

前方の瓦礫の前に、人影がかがやいていた。

「どうしてここがわかったのよ」

「何となく」

せつらは、のんびりと答えた。

自分と兄との通信を傍受していたことに、伽椰は思い至った。もうひとつ訊きたくなった。

「なんで助けに来たの？」

「依頼人だし」

「礼は言わないわよ。それくらいのサービスは当然よね」

「はあ」

「あたしに巻いた変な糸——ほどいてちょうだい」

「はあ」

「早く」

「ほどきました」

伽椰は唇を歪めた。全身に触れてみたが、異常はなかった。

「志賀巻を——あの孔を見たわね？」

「はあ」

返事どおりかどうかはわからない。摑みどころがないのだ。

「あれはもう人を吸い取ることしか能がない悪鬼よ。一刻も早く消滅させなくちゃならないわ」

「はあはあ」

「何よ、その返事？　あたしが殺人を止めさせようとするのが、おかしいとでもいうの？」

「ははは」

「今度、そんな笑い方したら、契約中でも殺すわよ」

「はあ」

とせつらはうなずき、

「その場合の違約金はすでに——」

「うるさい」

「はあ」

「さっさと鐘鬼を捜しに行きなさいよ！」

「はあ」

せつらは瓦礫の中へ消えた。

突然、伽椰の全身から力が抜けた。

「兄さんは志賀巻に憑かれ、新三郎は死んだ――ひと味違うわね、〈魔界都市〉は」

周囲に気配が生じた。

瓦礫の間から、小さな光点が幾つも蠢いているのは、せつらとの会話中から気づいていた。

今、ひとりと見て寄って来たのは、さしたる妖物ではないのだろう。だが、それも一〇四、一〇〇四となると話は別だ。

「厄介な街だこと」

立ち上がろうとして、伽椰は尻餅をついた。

――まさか、足首が⁉

あの黒い手に掴まれたところから、急速に力が抜けていく。立つどころか、髪の術を使う気力すら萎えていく。

「危い」

近くの石を掴んだが、ひどく重かった。投げるどころか、ふり廻すのも無理だ。

「よしてよ、こんなところで」

右肩に何かが乗った。寄りかかった瓦礫の間から忍び寄って来たものだ。

石を叩きつけた。

あっけなくつぶれた。

首すじに激痛が走った。

これは――食肉虫だ。三〇〇〇以上の種が確認されている人食い昆虫のどれかはわからない。

もう一度石をふるう力はなかった。

左手で掴んだ。ぶよぶよした感触が不快だった。

首からもぎ取って地べたへ叩きつけた。

ざわざわと、小さな光の波が足下に押し寄せていた。呑み込まれてしまう。そして、波が退いた後に残るのは、骨だけだ。

焦燥(しょうそう)が恐るべき女の顔に広がった。それが苦笑に変わり、

「もう一度、浮かないかしら」

とつぶやいたとき、彼女は頭上の夜空へと舞い上がるのを意識した。

今度の着地点は、〈青梅(おうめ)街道〉と〈小滝橋(おたきばし)通り〉の交差点から〈新宿駅西口〉へと向かう通りの上――換券屋(チケット・ショップ)の前であった。

いきなり天から降って来た女の周囲で通行人が立ちすくんだ。

「あいつ――ほどいたと言ったくせに」

せつらは別れても、伽椰の状況を探(さぐ)っていたと見える。それは、彼女の身を案じたのではなく、金を払う依頼人を慮(おもんぱか)った行動なのは明らかであった。

「それでも、これを借りというわけね」

まだこっちを見ている連中に、じろりと殺し屋の一瞥(いちべつ)を当ててから、伽椰は交差点の方へ歩き出した。


正午の少し前に、木曽田園長が訪れた。

自分が身を固くした理由が、美里にはよくわからなかった。

「じき昼休みだ。その間に、生まれ変わった君に、お祝いを兼ねて、面白いものを見せてあげよう」

いつもと変わらない口調である。美里は身震(みぶる)いして、

「あの――何をですか？」

園長は苦笑を浮かべていた。職員との莫迦話(ばかっぱなし)のときと同じだと、美里はふと安堵(あんど)した。

「ま、来てくれ。百聞(ひゃくぶん)は一見(いっけん)にしかず、だ」

「少しお待ちください」

まだ少し傷痕が痛んだが、園長が出て行くのを見届け、美里はベッドから下りた。

園長室へ行くまで、何人ものスタッフとすれ違ったが、いつもと少しも変わらなかった。

園長室へ入った。

椅子も勧めず、園長は南の壁へと歩いて、垂直に交わる壁につけた飾りのランプを手前に倒した。

モーター音が、南の壁を右へずらした。

「これって——園長先生？」

「恐れることはない。来たまえ」

「でも——そんな……」

勿論、はじめて見る仕掛けだ。誰と話しても話題になったことはない。

こんなものを園長はいつ作ったのか、壁の向こうは地下へと階段が続いている。

「君がこの街でこの仕事を続けていくつもりなら、見ておかねばならないものがある。おいで」

園長は下りて行った。しつこく誘わない態度が、美里に後を追わせた。

石段は二〇段ほどで、下りた左手に、出入口があった。

入った途端に明かりが点いた。

戦慄が胸中で爆発し、美里は反射的に逃げようとふり返った。

先に入った園長が立っていた。

「園長先生——これって!?」

「別におかしなものはないでしょう。病院の手術台、手術用具、血を洗い流す水道とホース、血を吸い込む排水孔、そうか麻酔がないね」

「先生……」

美里は後じさった。園長が近づいて来たからだ。

彼は訝しげに、

「なぜ、そんな顔をする？ 私は君に生命の尊さを教えようとしているのだがね」

「どういうことですか？」

ひどく口の中が乾いていた。

園長は美里の前を通過し、手術台の向こう——壁際に置かれた黒い袋に近づいて、中身を床へ放った。

五歳くらいの裸の幼児が転がった。声ひとつ上げない。麻酔を射たれているのだ。

その身体を優しく抱き上げて手術台に運び、園長は大の字にした手足をゴム・ベルトで固定しはじめた。

「何するつもり?」

「生命の尊さを知るには、生命のはかなさ、くだらなさも知らねばならぬ。そんなもの山ほど学校で聞かされてきただろうが、現実に眼にするのはまったく別ものだ。私は自信を持ってそう言える」

「先生……その子は……まさか……」

「ははは、園児が帰宅途中に行方不明になる……よくある話じゃないか」

来たな、と美里は思った。

この男は「遊学園」に勤め出してから毎日会っていた園長ではなかった。

幼子を想像もつかない目に遭わせようとしている怪物だ。

——あの子を救けなくては
いま胸にあるのは、それだけだった。

手術台のかたわらの用具台にメスがある。美里はそちらへ移動しようとしたが、

「よしたまえ。ふむ、その表情だと、私の主張がわかっていないようだな」

「先生はお疲れです。私と一緒に医者にかかりましょう」

「何を言っている? 子供のためを考えたら、そんな時間があるものか。我々はもっと子供を知り、彼らの願いを叶えるべく努力しなくてはならない。そのためにも子供たちの苦しみや哀しみを理解しなくてはならんのだ。よく見ていたまえ」

彼は上衣を壁にかかっていたゴム製の胸当てに替え、長く頑丈なメスを一本手に取った。

刃が光った。

「あなた、誰? 園長先生じゃないわね」

美里の呼びかけに、園長は首を傾げた。本気で不思議がっているとしか思えない。

「どうかしたのかね？　私が何に見える？」

「殺人鬼よ」

驚いたことに、園長はがっくりと片膝をついてしまった。

「またか、莫迦なことを——何故、わかってくれんのだ？」

悲痛な呻きを、美里は聞いていなかった。

「またか？　私の他にも誰かクレームをつけた人がいたんですか？」

「ああ——半年ほど前に来た保育士だ。君と同じく、これならと見込んでここへ来てもらったのだが、ひと目見た瞬間、君と同じく駄々をこねはじめた」

「それで……その人は？」

「忘れたよ。そんなことより、よく見ていたまえ。子供たちの苦しみとはどういうものか」

メスが上がった。

「ちょっと!?」

構わずふり下ろそうとした刃が、空中で停止した。園長の顔は表情を失い、

「——白眼を剝いてる」

つぶやいて、美里は後じさった。

「どーも」

のんびりした声が入って来た。

秋せつらであった。

戸口で美里に片手を上げた。

「あな……あなた……何処から？」

せつらは天井を指さした。上からという意味だろう。

「どうして……ここへ？」

「前に来た時、外にいた子供にあなたのことを訊いてみた。そしたら、怪我して医務室にいると、ね。園長先生も顔を出したと」

それから医務室の場所を訊き、妖糸をとばしたのだろうか。

「わからない。わからない人ばっかり——」

美里は手術台に片手をついて身を支えた。

　立ち尽くす園長を見て、

「この人は何かに憑かれているの？」

「いや」

「じゃあ、なぜ急に？」

「たぶん――殺人鬼」

「え？」

「聞いたことがある。そうなるのを承知で、強さを求める人間がいると」

「園長先生が？」

「このクラスの育児所なら〈区〉の認可はいらない。金で何とでもなる」

「何のために？」

「たぶん、子供を救うためと、殺すため」

　どこか間の抜けた口ぶりに、美里ははじめて憎しみを感じた。

「じゃあ、この育児所は、護るためのものじゃなくて……」

　美里の眼の隅で、園長の身体が痙攣した。

「待って。どうするつもり？」

「バラしたら？　警察へ届けるのも面倒だし、子供だけ助ければ」

「駄目よ。いくら〈魔界都市〉だって、殺しっ放しは駄目。警察があるんだもの、警察へ届けて」

「いいけど」

　警察が乗り込んで来たのは、それから一五分後だった。まず先行の制服警官と刑事が二人ずつ。本格的な捜査員たちは三〇分後に押し寄せた。

　事情聴取はすぐに終わった。

　美しい若者が、警察に顔が利くことを、美里ははじめて知った。

　別れ際に、玄関で、

「ここは閉鎖になる」

　とせつらは言った。

「他にもあるわ、まともな〝育児所〟が。以前に働いていた妖術師のところに比べれば、何処でもましだわ」

「何処？」

「〈高田馬場〉のビルにあったところ。お婆(ばあ)さんがひとりでやってたわ。今はどうかしら」

数分後、美里は眼を閉じたまま、せつらへ顔を向けて、

「どうして来てくれたの？」

「仕事。やり残した」

「ありがとう」

せつらの気配が遠ざかった。足音はしなかった。

少し間を置いて、

「高見さん――残念」

と聞こえた。

美里は首を横にふった。

誰に対しての行為か、よくわからなかった。

3

せつらの足を「医学研究所」に向かわせたものは、胸騒ぎであった。曇り空のせいもあるかもしれない。

門の前でタクシーを降り、せつらは携帯を取り出した。

応じる前に、

「あたしよ」

伽椰の声である。

「あなたを追いかけて来たの。少し待って」

携帯を切ってすぐ、一台の〝ワンマン・ライナー〟がやって来て、せつらの前に停(と)まった。ホイールも車輪もエンジンも、みるみる折り畳まれ、圧縮されて、伽椰のシャツに〝印刷(プリント)〟されていく。

「驚いた？」

「はあ」

　せつらは正直に応じた。伽椰の追尾には気がつかなかったのだ。

「たまにはいいでしょ。あなたと昨日別れるとき、髪の毛を一本コートの裾にくっつけておいたのよ」

「はあ」

「今日からは、私も鐘鬼捜しに参加するわ。邪魔はしないから安心して」

「はあ」

「ところで、ここは？」

「個人的な用件で」

「花森ね」

「どうして？」

「勘よ」

「はあ」

「行くわよ」

　伽椰は先に立って門を開いた。

「手は出さないでもらう」

「はいはい。今はそれどころじゃないわ」

　せつらは伽椰を裏の研究所へ案内した。

「あら」

　伽椰がシャッターの前で足を止め、鋭い眼差しを注いだ。

「もうわかってるわよね」

「はあ」

「誰か死んでる」

「どうして？」

「勘よ」

「はあ」

　ドアは開いていた。

　伽椰の言葉は正しかった。

　治療室の床の上に、奈緒美は俯せに倒れていた。身体の下に血のマットが敷かれている。血溜まりだ。

　血の固まり具合を見て、

「今朝方ね」

　と伽椰が結論した。周囲を見廻し、

「争った形跡はないわ。二人で朝のコーヒーを飲んでいるときに、いきなり襲われたのね。相手は──」

「花森」

せつらの〝探り糸〟はすでに治療室も母家(おもや)も調べ抜いている。他に人はいない。

「薬品棚の扉が開きっ放し。何がなくなってるかわかる?」

「全然」

ひと瓶(びん)、床の上で砕けていた。

そのラベルを読んで、

「スナイダーTF38──変身薬よ。これひとつじゃ役に立たないけれど、他に盗まれた品と合わせれば、多分、かなり強烈なのが合成できる。花森はここで強化処置を受けたのね?」

「はあ」

「なのに、自分で変身薬を調合しようとしている──どういうこと?」

「魂が何かのせいでおかしくなった」

「強化処置?」

「多分」

「ここの医者も、その組み合わせの結果は想像がつかなかったようね。まさか、ミセス・ヴァージンが生んだものと同じ存在を造り出してしまうとは──彼を捜せる?」

「依頼がない」

「捜しなさい」

「どうして?」

「志賀巻はモンスター化したわ。あんなのがもう一匹増えたら、この街も危険よ」

「愛他精神」

「よしてよ。早いところ仕事を終わらせたいだけよ。次に花森を見つけたら殺すわ、あなたが邪魔しても」

「無関係」

とせつらは言いきった。志賀巻に引き渡してからは、花森に関しては、誰からも依頼を受けていないのだ。

「なのに、何故関わるの？」

「不明」

伽椰は、ちらとせつらを見た。それだけでおかしくなるのはわかっていたが、止めることはできなかった。

「じゃあ仕方がないわね。とにかく正式に花森捜しを依頼するわ。清濁併せ呑まなきゃならないけど、頑張ってちょうだいよ」

「はあ」

「じゃあ、行くわよ」

「何処へです？」

「あなたの行くところ」

「はあ？」

「行動を共にするんだから、それが当然でしょ」

「いや、その」

「おや、あわててるの？」

「…………」

伽椰は邪悪な笑みを見せた。

「安心して。ベッドまで一緒にしたいなんて言わないわ」

「はあ」

とりあえず奈緒美の件を匿名で警察へ連絡し、二人は「研究所」を離れた。

「これからどこへ？」

「鐘鬼のところ」

「もう見つけたの？　さすがね」

思わずせつらを見つめかけ、伽椰はかろうじて自制した。

「知り合いがバイトしてて」

「ミセス・ヴァージンのところで？」

「はあ」

「なんて運がいい男なの」

「行ってみます？」

「勿論よ。花森までモンスター化したとしたら、

〈新宿〉は最強の怪物を二匹も抱えることになるわ。待つのは破滅よ」

「鐘鬼はミセス・ヴァージンに破門された怪物です、三つ巴」

「あなたを入れて四つ巴」

「自分は？」

「一心同体でしょ」

「わお」

「で、何処よ？」

「〈上落合〉の地下墓地です」

二人は足を速めて〈四谷三丁目駅〉の方へと向かった。

バスの中で伽椰は早速、

「堅実なのね。タクシーを使うのかと思ったわ」

ぶつぶつ言った。

「本当はバス代もかからない」

「どうするのよ？」

「空をとぶ」

伽椰は妙な眼つきでせつらを睨んでから、そっぽを向いた。

一度乗り継いで、〈上落合三丁目〉で降りると、バス停のすぐ横に、小さなバーがあった。

「寄ってこ」

「仕事の直前ですが」

「景気づけよ。どうせ墓に入ってるんでしょ？」

伽椰はさっさと歩を進めて、ドアを開けた。せつらも後に続く。断わる理由はなかった。スツールにかけて、伽椰が、

「奢るわ。何にする？」

「経費で落とします」

「しっかり者だこと。トム・コリンズ」

「グレナデン・ソーダ」

白髪混じりのマスターは、妙な表情になってから、酒瓶をガタガタやりだした。

グラスが置かれた。

「次々に起きる厄介事に」

と伽椰がグラスを上げた。

「どーも」

グラスの縁が硬く鳴った。

「余裕綽々ですね」

「ここまできて泡食ったって仕方ないでしょ」

「一刻を争う」

「本気でそう思ってる？」

「はあ」

「いい加減にしなさいよ」

「はあ」

「気が重いわね」

「はあ」

「直接はあたしたちのせいじゃないけれど、とんでもない化物が出現して、弟はあなたに殺され、兄貴もそれに持っていかれつつある。何とかしなくちゃね」

「仇討ち気分で？」

「気分て何よ？」

「殺し屋でしょう」

伽椰はマスターの方をちら見して、

「はっきり言わないでよ」

「あなたの標的は僕？　それとも花森氏？」

「どっちもよ」

「なのに、〈新宿〉を救おうとしてる。職業倫理に反する」

「放っといて」

伽椰は強い酒を一気にあおった。思いきり顔をしかめる。

「〈新宿〉が潰されたら花森もあんたも消える。依頼が果たせなくなる」

「そのときはそのときで」

「順応性がありそうね」

せつらはちびちび飲っていた葡萄色のソーダの最後のひと口を吸い込んで、スツールを下りた。

「それじゃあ、これで」

「ちょっと」

「愚痴（ぐち）を聞いてもしようがない。切迫（せっぱく）してる」

「わかってるわよ」

伽椰も立ち上がった。

「経費に入れる」

せつらが勘定（かんじょう）を払った。

「殺し屋にゃあ見えねえなあ」

とマスターが伽椰に向かってつぶやいた。

「ありがとう」

「あんたより、ぼんやりしてる若いほうが、よっぽど剣呑（けんのん）だけどね」

「そう？」

「ああ。あんた方は物騒な輩（やから）を追ってるらしいが、どんな性質（たち）の悪い奴でも、あいつにゃあ敵（かな）わねえよ」

「そうかしら」

「でなきゃあ、あんなきれいな男、この世にいるわけねえだろ。あそこまでいい男だと、後は精神が退化して折り合いをつけなきゃならねえんだ。ありゃ史上最悪の性悪（しょうわる）だぜ」

伽椰は薄く笑った。

「そうかもしれないわね」

その性悪の後を追って、バーを出た。


〈落合地下墓地〉は文字通り、〈上落合〉の地下に広がる墓地である。

神田川（かんだがわ）と妙正寺川（みょうしょうじがわ）がぶつかる（＝落ち合う）土地だったここは、すでに昭和五〇年代に河川工事によって合流点は失われていたが、〈魔震（デビル・クエイク）〉が生んだ地中の大空洞にふたたび複数の流れとその合流が生じ、新たな〝落合〟が誕生したのであった。

墓地と化したのは、〈魔震〉の犠牲者をそのまま埋葬したことに始まる。翌日から妖物死霊（しりょう）が跳梁（ちょうりょう）する街では、整った葬儀を行なうことなどできなかったのだ。まして、死者たちが埋葬前に起き上がってくるにおいてをや。

現在では死体処置や正式な埋葬も済んで、地下に眠る死者の数はぐっと減ったと見られるものの、今なお月光灯に照らされた薄闇の中に、眠る者たちは多い。

ミセス・ヴァージンの呪われた一番弟子は、その中の六六番区画に埋められているのだった。

当時、〈新宿〉へ来たばかりの美里は、〈高田馬場駅〉前のアルバイト募集の貼紙を見て、ミセス・ヴァージンの下を訪れた。仕事はもっぱら、暗号に近い資料整理と得体(えたい)の知れぬ道具やメカ類磨きだったので、物騒な目に遭ったことはない。

ミセス・ヴァージンも仕事ぶりは気に入っていたようで、半月もすると世間話を交わすようになった。

美里が覚えているのは、こんな会話だった。

「お弟子さん、いないんですか?」

「ああ、みんなロクでなしでね、辛(つら)いだの何だの言っていなくなっちまったよ。それでもひとり、まともそうなのがいたんだけどね」

「その人は?」

「死んじまったよ。今ごろは落合の土の下で眠ってるだろうさ。安らかかどうかは知らないけどね」

このときの老婆の顔を思い出すたびに、美里は自分の質問を悔やんでいると告げた。

鐘鬼に違いない。

第八章　悪魔の弟子

1

旧地下鉄駅〈落合〉の駅舎を改造した管理事務所で区画番号を告げると、係員は眉を寄せて、

「昨日も来たよ」

と言った。

せつらより早く、伽椰の眼が凄まじい光を帯びた。

「六六へ？　誰が？」

係員はそっぽを向いて、右手を台の上に乗せた。

当然、五指が開く。その中に伽椰が入れた万札をち、、らと見て、

「六人だった。何処の誰かは知らん。みんな思い思いの格好してたな。スーツにネクタイもいたし、革ジャンだけのもね」

「何か持ってた？」

「そういや、ひとりが大きなスーツケースを提げてた。人間のひとりくらいなら易々と入っちまうくらいのな」

「66」とナンバーをふられた小区画に辿りついた二人が眼にしたものは、掘り出された挙句に破壊されたコンクリートの柩だった。

「スーツケースね」

「スーツケースだ」

「でも——誰が鐘鬼のことを？」

「ミセス・ヴァージンの他の弟子」

伽椰は、ああ、と呻いた。

「三人目の依頼よ。そいつを捜して」

「はあ」

「OK？」

「はあ」

「では、よろしく。ここはあたしが引き受けるわ」

「はあ」

茫洋たる返事を、幾つもの気配が取り囲んだ。

他の柩の主が、蓋を押しのけて出て来たのだ。コ

ンクリートの蓋は一〇〇キロを超す。常人の力で易々と動かせるものではない。

立ち上がった影は襤褸をまとった白骨であった。蓋の重さに耐えられたのは、骨自体に妖術がかかっているのだろう。

「あたしたちを待っていたとは思えないけれど」

あわてたふうもなく、伽椰が言った。

「鐘鬼の墓に近づいた者全員——無差別殺人。仕掛けたのは、昨日来た連中」

「任せて」

「はあ」

骸骨が近づいて来た。あちこちに肉片や髪の毛が残っているから見た目はよろしくない。

掴みかかってくるのを軽く躱して、伽椰は髪の毛を数本まとめて抜いた。一本を咥えて吹いた。

眼前の髑髏の右眼に吸い込まれると、そいつは音もなく砕けて地に落ちた。

せつらが瞬きを二度する間に一〇体が骨の堆積と化し、残る一体が伽椰の両肩を掴んだ。手に髪はなかった。

骨指が食い込む。

伽椰の髪がざわざわと波打って、そいつの眼窩に吸い込まれた。それで終わりだった。

係員たちは何も言わず、墓地を出た。警察とのやり取りも仕事のうちだろう。

「鐘鬼以外の弟子、わかる？」

「はあ」

せつらは携帯のプッシュボタンを押し、五分とかけずに、

「四人いたのですが、三人は死んでます。残るひとりは、草波勇三郎。住所もオッケ」

「とても凄腕に見えないけどねえ」

しみじみとつぶやく伽椰へ、小さくぶうと返し、せつらは歩き出した。

「近いの？」

「〈矢来町〉ですね」

「タクシーを捜さなくちゃね」

「バスで」

「ケチねえ」

「しっかり者」

「必要経費でいいわよ」

「どーも」

　タクシーはすぐ見つかった。

「矢来マンション」屋上のペントハウスが目的地であった。

　ミセス・ヴァージンの二番弟子に当たるが、修業の厳しさに途中で脱落した男のドアの表面には、

　　セイント草波

　とプレートが貼られていた。

「ふざけた名前ね」

「占いをやってるらしいです」

「自分の未来も占えたらいいのにね」

　せつらはチャイムを押した。

　応答はない。

〝探り糸〟をとばしたが、室内は無人であった。

「でも、何かおかしい」

「あたしもそう思うわ」

　妖糸がロックを切断し、二人は部屋へ入った。豪邸を思わせる大理石の床――超の字がつく高級マンションだ。

「これは――」

　一歩入った途端に、伽椰はきしるような声を出した。

「殺られてるわね。兄貴と志賀巻がいた〈駅〉の地下――同じ妖気が漂っているわ」

「志賀巻とは思えない」

「じゃあ、誰が？」

　せつらは答えず、右横の居間へ入った。三〇畳を

超すスペースにも人影はなかった。テーブルの上にブランデーの瓶とグラスが並んでいるのが不気味だった。幾つかは床の上で砕けている。

「仕事を終えて一杯飲っているときに何か起きたのね。でも、争った様子はないわ。何もせずいなくなったのね」

「持っていかれた」

とせつら。

「まさか……志賀巻が」

「想像力欠如」

「え？」

「もうひとり、化物になった」

のんびりとした口調が、鉄の女を愕然とさせた。

「多分」

と、つけ加えた。さらに、

「ここの連中は、墓の中身をここへ運んだのです。それで祝杯を上げたところへ――」

「彼が甦った」

「それも、最も危い形で」

「どうしてそうなるの？」

「はて」

せつらが小首を傾げた。伽椰は眼を閉じてよろめき、ソファの背に手をついて身体を支えた。

せつらが言った。

「当事者に訊いてみよう」

伽椰はせつらの見ている方へ身を捻った。

二人から三メートルほど離れた床の上に、それまではなかった黒い孔が開いていた。

「草波と仲間を食らったのもこいつね」

「はあ」

孔は動かない。

様子を窺っているのだ。向うにもこちらの気配がわかるらしい。只者ではない、と。

「窓の方に」

とせつらがささやいた。

伽椰の黒髪がざわめきはじめた。

孔めがけてうねくり進んで行く。黒い蛇を思わせた。

孔の真上まで来るや、それは垂直に降下した。

孔の縁が震えた。苦悶の表現だ。

わずかに遅れて、伽椰が低く呻いた。

髪が鋼線のように張っている。

よろめきつつ、孔の方へ進んで行く。引かれているのだった。身を支えるものはない。

突き出た頭部が、あと一メートルというとき、髪は真っぷたつになった。

ひっくり返った身体が、回転しつつ宙をとんで南向きの窓際に着地する。

「どう?」

せつらが訊いた。汗にまみれた蒼白な顔が、息も絶え絶えに、

「あの下にいるのは——化物よ」

「それをやっつけるはずが」

豪華な長椅子やソファが大きく傾いた。

次々に床へと沈んでいく。

孔がこちらへ向かって来るのだ。

壁を伝わっても天井へ逃げても、こいつは追ってくる。

せつらの足下まで二メートル。

突然、陽光がまとめて流れ込んで来た。

窓と壁が、ほぼ三メートル四方切り取られて、内側へ倒壊したのである。

伽椰が見えない糸に手を引かれたかのようにとび出した。

せつらが走った。

床を蹴って外へと跳ぶ。その足下に開いた奈落は間一髪遅れて、怒りに身をよじるかのように、輪郭を膨縮させた。

三メートルほど離れた空中に、せつらは伽椰と浮かんでいた。

窓際の孔はそのまま壁面へ移動し、滑らかに地上へ下りて、動かなくなった。

「爆撃」

見えざる糸が、空中と地上をつないだ。

「これは」

せつらはバランスを崩した。

孔に打ち込んだ妖糸は凄まじい手ごたえを伝えて来たのである。

言いようのない悪寒と嘔吐感が全身を蝕んでいく。エネルギーが失われる——のではない。腐敗していく感覚であった。意識が急速に遠ざかる。

不意にそれが消えた。

何とか地下へ焦点を合わせた。

迷彩服の上下を来た男がひとり倒れていた。孔はない。

せつらは降下に移った。地面に着いた足は完全にタイミングを失い、彼は二、三歩足をもつれさせ、かろうじて転倒を免れた。何とか伽椰を下ろしてから、

「もしもし」

男に声をかけた。

「うるせえ」

蚊の鳴くような声だが、何とか聞き取れた。悪罵だともわかった。

「鐘鬼さん？」

「それがどうした？」

「エネルギーが溢れてませんか？」

「どういう意味だ？」

「上で一〇人以上平らげた」

「どうせ、屑どもだ。いい気持ちで眠ってるところへ、あいつらが来てここまで連れて来やがった。食い尽くしたのはお返しさ。当然の権利だろうが」

「ごもっとも」

この辺、安直なのか本気なのかわからない。

「ですが、お疲れのようで」

せつらがこう言うと、鐘鬼は地上に横たわる伽椰の方へ眼をやった。

「あの女の髪の毛と、あんたの糸——まいったぜ、

特に糸のほう。ありゃ何だい？」

「どーも」

とせつらは平手で額を叩いた。これを扇子でやると、落語家か幇間だ。

「ところで、なぜ墓地から蘇生したんです？」

「師匠が夢の中に出て来たのさ。おまえと同じ化物をこしらえちまった。何とかしろってな。おれの変身は草波の野郎も知ってたからな。それでおれを掘り出しに来やがったんだ。けけ、まさか自分が食われるたあ思わなかったろうよ——ところで、おれをどうするつもりだい？」

「それは——あちらから」

「ほう」

口の脇に手をかざして、

「おおい、姐ちゃん」

と呼んだ。

伽椰はぴくりとも動かない。

肩をすくめる鐘鬼に、

「もうひとり——同じ妖術を使う人物を斃してほしいそうです」

「やっぱりな。けど、難しいぜ」

「はあ」

「考えてもみろ。おれと同じ術を使うんだ。まともにやり合ったら、よくて相討ちさ」

「それはまあ」

「せっかく甦ったんだ。まだまだこの世を楽しんでみたい。悪いが断わるぜ」

「しかし、のさばらせておくと、この世がなくなりますよ」

鐘鬼は沈黙した。図星を突かれたのだ。

せつらは自分を指さし、

「こう見えても〈区長〉には顔が利きます。うまく始末してくれれば、いい目が見られるように計らいますけど」

「とてもそうは見えねえが、しかし、これだけいい男だ。あながち嘘とは思えねえ」

少し考え、

「本当だろうな？」

「何なら今」

「〈区長〉に電話してみるか？　よせよせ、本物かどうかもわからねえ。とにかくお断わりだ」

「そう言わないで」

　せつらは鐘鬼のすぐ横で身を屈めた。じっと見つめる。鐘鬼はそっぽを向いた。せつらは眼を離さない。鐘鬼の顔が、じり、とこちらへ動いた。じりじりと向き直る。まるで見えない手で強引にねじ向けられでもしているみたいだ。

　見たくないのだ。待ち受けるせつらの顔を。顔には汗が滲み、表情は恐怖と戦慄から出来ている。もうひとつ——恍惚も。

　だが、彼は見た。

　正面から、せつらの顔を。

　天工が創造した美貌を。

「よろしくお願いします」


　とせつらはいつものように、のんびりと口にした。

「あたしからもよろしく」

「あれ？」

　と向いた美貌を見ないようにして、伽椰が片手を上げてみせ、それからまた、がっくりと失神の手に身を委ねた。

　せつらは伽椰を病院へ運んだ。

「三〇分ほどかかるな」

　とドクター・メフィストは告げた。

　さらに——

　伽椰を病室へ入れてから、せつらはホールを抜けて外へ出ようとした。

「緊急ニュースをお伝えします」

　女性アナウンサーの声が非常事態を告げた。

「〈大久保二丁目〉のスナック『ミラボー』で、スタッフとお客全員が失踪するという事件が発生しました。〈警察〉では、例の〈靖国通り〉黒い孔事件との関連を調べています」

「始まったな。さて、どうする？」

背後で、鐘鬼が愉しそうに訊いた。

2

今度は〈靖国通り〉まで出てタクシーを拾い、二人は〈新大久保〉へと向かった。

「ミラボー」の店名はタクシーのナビに入っている。

人垣の手前で降りた。

雰囲気がおかしい。ひどくざわついているのはともかくとして、不安の波が、通常よりずっと荒い。

前へ出て、理由はすぐわかった。

パトカーが停まって、店の周囲には停止線が張られているのに、警官の姿が見えないのだ。店の内部にも動きや気配はなかった。

「どうしました？」

そばの中年男に訊いた。ふり向いた男が、へなへなと倒れかかるのを支えた鐘鬼が、

「どうした？」

男はぎょっとして、

「いや、お巡りが来たんだけど、黄色いテープ張ってすぐ、店の内部が急に静かになったんだ。まだ調べてたんだぜ。外の連中も、おれたちに、近づくなって声をかけて、入ってった。それきり出て来ねえんだ」

「いつ頃だ？」

鐘鬼が怖い顔で訊いた。

「いや、三、四分前だよ」

「〈警察〉へは？」

とせつら。

「さあ、誰かが連絡したかねえ」

「では」

ふわりと前へ出た。鐘鬼も続く。

どよめきが追って来た。
十二、三坪の店である。壁の面を、仮装した客や、カラオケに興じるホステスたちの写真が埋めていた。
賑やかなのはそこだけだ。

誰もいない。

BGMもない。

〈新宿〉に〝消失事件〟や謎の〝失踪〟は付きものだ。

これは違う。

「いるぞ」

と鐘鬼が声をかけて来た。

「らしいね」

せつらも何かを感じたのか。

窓際にボックス席が四つ。カウンターは六人。奥がトイレとスタッフ・ルームだ。

突如出現する黒い孔に、部屋は無縁だった。

揺れた。

せつらの感覚は違った。

歪んでいく。

否。

吸い込まれていく。

カウンターも椅子もテーブルも、いや、柱や壁までが、カウンターの奥の一点めがけて吸い込まれていくのだ。

カウンターが〝圧縮され、砕かれ、すぼまり、ついに直径五〇センチほどの木球と化して床に消えたとき、そいつはようやく、姿を現わした。

床の黒い孔として。

「脱出」

せつらは頭から窓ガラスへ突っ込んだ。ぶつかる寸前、ガラスは砕け散り、空中で一回転して降り立った姿に、官能的などよめきが送られた。

ふり向いたせつらの前で、すでに歪みきっていたバーの外観は、みるみるひしゃげ、地上の一点に吸い込まれて消えた。

「家までね」

さすがにせつらも呆れたふうである。

エスカレートすれば、ビルひとつ、街ひとつ――〈新宿〉すらも呑み込んでしまうかもしれない。

いや、世界さえも。

「来るぞ！」

誰かが叫んだ。〈靖国通り〉の騒ぎを見ていた奴だろう。算を乱して逃げ出したのは〈区民〉で、どぎまぎしながら突っ立ったままなのは、観光客に違いない。

孔はせつらの方へ迫って来る。はっきりと狙いをつけているのだった。

「？」

近づいて来る孔の後ろに、もうひとつの孔が生じたのだ。それはみるみる前方の孔に追いすがるや、ひとつに融け合ったではないか。

二つは激しく震え、重なり――瞬時にひとつにまとまった。

せつらは黙然と見つめている。自分への殺意など忘却し去ったかのような、のんびりした表情であった。

孔の中から黒い両手が突き出ると、アスファルトに貼りついた。

黒い塊が、続いて人間の上半身が現われた。マンホールから出て来たかのように、それは立ち上がった。

孔は消えた。

長い息を吐きながら、上体を前後に倒し、こちらを向いたのは、鐘鬼だった。

二人は足早に現場を離れた。一軒のバーが、スタッフと客と――警官とともに消えた。何ひとつ誰ひとり戻っては来ない。

「あなたも孔」

「そうだ」

と鐘鬼は答えた。

「だから、あいつはおれしか斃せない。師匠がおれを甦らせたのは、そういう意味だ」

「ところで、いま闘った相手の顔、わかります?」

「何とかな」

せつらは志賀巻の特徴を話した。

鐘鬼は首を横にふった。

花森の顔立ちを告げた。

「そいつだ」

と返って来た。

このとき、せつらの記憶が甦らせたのは、小さなホテルのベッドで亡くなった娘だった。だが、少なくとも娘はひとりで逝きはしなかったのだ。

「やれやれ」

せつらがこう口にすると、鐘鬼は驚いたように、彼を見つめ、あわててそっぽを向いた。

「これから、どうする?」

鐘鬼が訊いた。

「〈新宿駅〉へ」

そこに伽椰の兄と志賀巻がいた。

「面白そうだな。おれも行こう」

鐘鬼が不敵な笑みを浮かべた。

だが、通路にはもう崖ヶ谷新次の姿はなかった。

次に打つ手を考えていると、携帯が鳴った。

〈区長〉の梶原からだった。

〈区外〉のお偉方が会いたいと言っている。すぐ、〈区役所〉へ来てほしい。

せつらからこれを聞くと、鐘鬼は肩をすくめた。

「おれは〈落合〉の墓に戻る。明日会おう」

と携帯のナンバーを告げた。

「いつ買った?」

「甦ってすぐさ。埋められる前から、世の中を決めるのはこいつだとわかっていたからな」

「炯眼」

鐘鬼は苦笑を浮かべて肩をすくめた。

二人は〈新大久保駅〉前で別れた。

〈区役所〉へ行くと、すぐ〈区長室〉へ通された。

梶原〈区長〉の他に、もうひとり、いかにもキレそうな、スーツ姿の熟女がいた。

「稲葉洋子防衛大臣だ」

梶原はどこかハラハラしながら、女を紹介した。

「どーも」

一礼して顔を上げるや、天下の大臣は胎児のようになってしまった。立っていられるのが不思議だった。案の定、たちまちソファへ戻って、

「ごめんなさい。頭がクラクラして。こんな人が来るなんて思わなかった」

「わが〈新宿〉が誇るマン・サーチャーですな」

梶原は得意げに言った。最初から効果を計算していたと一発でわかる邪悪な笑顔だった。

〈区外〉の大臣をいびる快楽に身を浸していた。

「直接ご覧にならぬように、と申し上げておきましたぞ。おお、秘書官と護衛の方もご一緒に」

普通のスーツ姿がひとりソファへ同伴し、屈強と精悍を絵に描いたような男が二人、こちらは片手でソファの背に手をかけて崩れる足を支えている。

「で？」

と、せつら。大臣の肩書もその他の連中も気にしたふうはない。どんなＶＩＰだろうと、自分を見ればへたり込む――百も承知なのだ。

梶原は、荒い息をつく女性大臣を困った表情で眺め、

「〈新宿〉に紛れ込んでいる〈区外〉の諜報員が、〈靖国通り〉の騒ぎを連絡したらしい。それですぐ、総理直属の非常事態対策グループが会議を開き、あの黒い孔の速やかな処置を決定したらしい」

「放っとけば」

というのは、そいつらを、ではなく、そいつらが〈新宿〉のことを、という意味だ。〈新宿〉に自治権が与えられているのは、法の規定による。特別法だが、そう簡単に無理はできないはずだ。

「あちらはそうもいかんらしい。あの孔を〈区外〉への充分すぎる脅威と見なしたのでな」

「あれくらい」

　とせつらはこともなげに言った。

「〈魔震〉以降、何万回も起こってる。何を今さら」

「これまで、〈区外〉の政府が、緊急事態と見なした〈新宿現象〉は三つある。これで四つ目だそうだ」

「前の三つはどうしたの？」

「〈区外〉が手を出す前に、君とドクター・メフィストが片づけてしまったそうだ」

「知らぬが仏の世界貢献」

「そのとおりよ」

　芯の通っていない女の声であった。大臣だ。

「この街で起こっている超常現象のすべてが〈区外〉の耳に入っているわけではないけれど、知らない分の中に、今回みたいな一件が入っているのかと思うと、身の毛がよだつわ。正直、歴代の内閣でも話題になっているのよ」

「なら、放っておいたら」

　とせつらは、むしろ明るく言った。

「こちらで何とかするし」

「今回は内閣だけじゃ済まないのです」

　大臣の声に、ようやく芯が通った。国家的危機と責任感の為せる業か。

　梶原が、ほおという顔で、ややとうの立った熟女を見た。

「日蓮宗、浄土宗、真言宗――計七つの宗教団体の、これも最高責任者から、連絡があったのです。早急に〈新宿〉の〈靖国通り〉に生じた黒い孔をつぶせ。でなければ国家的規模の危機が降りかかるぞ、と」

3

「それでか」

　梶原が重い声を出した。渋面をつくっているが、中身は晴れ渡っている。心配などしていないのだ。

せつらに向かって、

「君はこの件に関与しているのかね？」

「山ほど」

「なら、見通しはどうだ？」

「何とか」

梶原は破顔した。

「こういう次第です。これまでの難事も解決した二人のうちの片方がこう言うのですから、問題はないと存じますが」

「私もそう返事をしました。しかし、この国の精神面を支える大物たちの言葉はみな同じでした。今度は危ない、と」

静寂が広い部屋に満ちた。妖気とも鬼気とも呼べるかもしれない。

梶原が訊いた。

「で、どうするおつもりですか？」

「〈新宿〉内の戦いは、秋さんに一任します。もし秋さんが斃れた場合、政府は非常手段を取らざるを得ません」

また沈黙が落ちた。また梶原が破った。

「それは――〈新宿〉を抹殺すると」

「そこまでは考えておりません。ですが、正直なところ、充分な選択肢にはなり得ます」

「アメリカか、もっと近い国のミサイル誤射」

とせつらが、およそ内容にふさわしからぬ声で言った。

「ミサイルは核弾頭」

「そ、それは――」

梶原が震え声を出した。

「今日伺ったのは、激励のためです。あなたがこの件に関わっていると知って、胸のつかえがひとつ取れました。ですが、油断はなりません。健闘を期待しています」

「どーも」

この返事を最後に、防衛大臣一行は去った。

「こうなった以上、〈区〉としても黙ってはいられん。君にあの孔を捜し出し、処分してくれるよう正式に依頼する」

「捜すのはいいけど、処分は任せる」

「しかし――」

「〈新宿〉にも霊媒(れいばい)、魔道士、妖術使いは腐るほどいる。何なら外谷に頼んだら？」

「情報屋とどういう関係があるんだ？」

「化物には化物を」

「ふむ」

梶原は真顔になった。〈新宿〉一の女情報屋のことは、熟知していると見える。ふむふむふむと三度繰り返し、黙考(もっこう)に陥(おちい)った。本気で考えているらしい。

「依頼は受けた――前半だけ」

とせつらは言った。


二日が過ぎた。

志賀巻と花森の行方は杳(よう)として知れなかった。

〈ぶうぶうパラダイス〉へ電話しても、

「いません、ぶう」

であった。

居留守を使っているな、とせつらは思ったかも知れない。

鐘鬼とも連絡は取れなくなっていた。別れのとき結びつけておいた妖糸も反応しない。彼は独自の方法で、二人を捜しているのかもしれなかった。


風穴は意外なところから開いた。

三日目の午後遅く、携帯が鳴った。

「私――です」

人形娘だった。

「これから、あの黒い孔――志賀巻っていう人のところへ行きます。せつらさんが捜してるって、人づてに聞いたものですから」

「トンブ？」

「はい。家(うち)を逃げ出してから、ずうっと方位魔法を使って捜していたらしいのです。昨日、やっと見つけ出し、あたしに捕まえておいで、と」

「本人は?」

「力を使いすぎたとかで、ダウンしております」

だからといって、人形娘ひとりに現在の志賀巻を捜しにいけとは、正気の沙汰ではなかった。

「君を囮にするつもりだぞ」

「だと思います」

「場所を教えて」

「〈市谷台町〉の〝エッシャー邸〟です」

「わあ」

「ごめんなさい。言わなければよかったわ。気にしないでください。ひとりで行けます」

「いや、行く。待ってて。あそこへ入っちゃ駄目だ」

「わかってます。でも――」

声がすぼまり、せつらが何か言おうとした瞬間、はっきりと、

「待っています。よかったら」

「はあい」

せつらがタクシーをとばして、〈市谷台町〉の名物住宅に辿りついたのは、三〇分後であった。

木々に囲まれた豪邸であるが、葉の落ちた木は枯骨のような枝を広げ、随分と前に放置されてからは、入るたびに失踪してしまう盗人やホームレスばかりをのぞいて住む者も管理する者もなく、佇まいは建築時の華麗さを保っているが、孤愁凄愴なイメージは隠しようもない。

だが、侵入した者が失踪し、〈区民〉の大半が近づきもしない理由は、それではなかった。

人形娘の姿はなかった。

待ちきれなかったのではあるまい。それは、この屋敷の四方――五〇メートルに立ち入り禁止の鉄条網が巡らされ、そのあちこちに、
第一級危険施設

と書いた札が揺れていることからもわかる。
悪鬼妖物(ようぶつ)魔性の跋扈(ばっこ)する〈新宿〉といえど、決して数多くはない最悪の物件――〈第一級危険施設(ファースト・デンジャラス・インスティテューション)〉。魔道士や妖術使いでも二の足を踏む場所だ。人形娘は招かれてしまったのだ。

せつらは妖糸をとばしたが、家の周囲からの反応はなかった。

試しに邸内へも送ったが、異様な感触が伝わって来ただけで、戻した先端は異様な形にねじくれていた。

人形娘の電話は、ここへ招かれる寸前の最後の抵抗だったのだ。

せつらの右方で、あららという声が上がった。同時に、屋敷を囲む石塀(いしべい)の向こうから太った人影がくるくる廻(まわ)りながら、せつらの眼の前へやって来た。

妖糸に絡(から)め取られたのは、フード付きの黒長衣(くろちょうい)を着た女であった。

月も雲に閉ざされた晩であったが、せつらの眼ははっきりと、アンパンのようにふくれた顔を見ることができた。

「おや」

女は分厚い唇をへの字に結んだまま、

「むう」

と言った。外谷良子の「ぶう」と並び称せられるトンブ・ヌーレンブルクの「むう」であった。

「お休み中では？」

せつらの声に、右を向いたり左を見たりとぼけていた女魔道士は、

「あの娘(こ)が心配になってね、病身を押して来てみたのさ。あたしは召使い思いなんだよ」

「あの娘が聞いたら、泣いて喜ぶな」

「そうだろうとも。で、何かね、もう入った後かね？」

「多分」

「なら仕方がない。ここで待つ」

と、肩からぶら下げた布袋の中から、小さな折り畳み椅子を取り出し、あっという間に広げて舗道に置くと、よいしょと坐り込んだ。

びくともしない椅子を見ながら、

「魔法、かけてある？」

「何でさ？」

「何でも」

「ところであんた、あの娘からＳＯＳを受けたんだろ？」

「さて」

「なら、さっさと助けに行ったらどうだい？　ひとりじゃ無理でも、二人なら何とかなるかもしれないよ。あいつは間違いなくここにいる」

「どうやって捕まえる？」

ずばりと訊いた。

「あの娘に渡してある〝ボルギーナの葉〟の粉末をふりかければ一発さね。ただし、一服しかないし、危険度が高い。出来れば使う前にやっつけちまうんだね」

「あれ、やっつけられる？」

「意識がなくなったら、孔を埋めちまうのさ。砂でも石でも水でもセメントでもいい。それでくたばっちまうよ」

「意外と簡単」

「話だけならね。でも、ボルギーナの粉末は特殊な匂いがする。奴は絶対に近づこうとはしないね」

「なら、どうやって？」

「そこはあの娘の才覚ひとつさ。あたしは期待してる」

「あの娘が戦っている間にいい目を見ようって？」

「よしとくれ、人聞きの悪い」

トンブが丸まっちい右手をふって否定して見せた。

それに招かれたように、屋敷の方から可憐な声がやって来た。悲鳴だ。せつらは滑るように門口へ進んだ。

「しっかりおやり――」

と無責任に手を叩いて言うトンブの身体も、その意志に反して、くるくると廻りながら後に続いた。

「あららら」

二人が近づくと、鉄門は待っていたように左右に開いた。

「どーも」

「むう」

落葉で埋もれた前庭の彼方に、玄関が近づいて来た。

せつらがドアノブに糸をとばす寸前に、トンブがお待ちと止めて、恐る恐るノブに手をかけた。

「あらーっ⁉」

悲鳴を上げてのけぞる姿は、せつらの眼を引いた。しかし、すぐに姿勢を正し、自虐の眼をちらちらとせつらに向けて、

「あのね」

と言った。大したことはなかったらしい。わざとではなさそうだから、いわゆる痛がりなのだ。

「うん」

せつらも頷いた。他人の言動に乗る気はあるらしい。ことによったら、こういうタイプが好きなのかもしれない。

「あいつもあの娘もこの家の中にいるよ」

「当たり前」

「けど、場所はまだわからない。あんたも知ってる理由でね」

「いつわかる？」

「あと少し」

「とにかく行ってみる。あなたはここに」

「わかったわさ」

呪文を唱えだしたトンブを戸口に置き、せつらはドアを押した。

足を踏み入れる前に、

「やれやれ」

珍しく、心底うんざりした声である。

眼の前の床は異様に歪み、真っすぐとも見え、床面に沈み込んでいるとも見えた。左右に二階へ向かう階段があったが、右方のはどう見ても、昇れば下りて来てしまう。左方のは妙な具合にねじ曲がって、裏返しになり、壁の中に消えている。どう見ても、次元に狂いが生じているのだ。

所有者の瑞鳳寺男爵の願いどおり、ブリュッセルから招いた魔道士の指揮の下、三年越しで完成した建物は、その内側で上下左右、遠近感が狂いっぱなしで、常人なら三分もいれば吐き気、嘔吐、そして三半規管の狂いによって天地も定めきれずに失神してしまう。

かつて、こんな世界を絵にした画家がいた。エッシャーだ。恐らくは世界でただひとり、真に自在に空間を描き得たこの天才の意図は、確かにこの屋敷の中に生きていた。

別名〈新宿の二笑亭〉。

せつらは眼を閉じていた。

だが、五感は容赦なく空間の歪みやいびつさを伝えてくる。

右は左だ。左は前方だ。後ろには天井が控えている、と。

糸を放ったが、無駄だった。せつらが操っている限り、その心気と肉体の乱れはすべてチタン鋼の糸に伝えられる。

せつらが頼るのは、もはや勘しかなかった。

奥へと続く廊下は壁を這い、せつらは床と平行に歩を進めていた。

——長くは保たない

こう思ったとき、前方で人形娘の悲鳴が聞こえた。

足を止め、

「何処にいる？」

と声に出した。

「こっちです」

声は前方――足の下からした。
せつらは妖糸を放った。それは天井に吸い込まれた。
黒い孔に。
明らかに志賀巻の笑い声がそこから流れて来た。

第九章　塞孔(さいこう)

1

「こんなところへ何しに来た？」

「引越しのご挨拶」

とせつら。

「ふざけるな。いま片づけてくれる」

「ふっふっふ」

せつらは、いかにも意味ありげに笑った。すぐにわざとだなとわかって、魔性の者はとまどいを伝えて来た。

「おかしな奴だな。おまえも化物か――いや、そうなのはわかっている。何がおかしい？」

「脅しに慣れてないね」

「何ィ？」

「僕の糸を食って、ひいひい逃げ出した。そのうち、〈区外〉のミサイルが孔の中にとび込んで来る」

「みんな食らってやるさ」

志賀巻の声はどす黒い自信に満ちた。

「人間の味がこんなにいいとは思わなかった。おい、色男、鉄やコンクリートがなかなかいけると知ってるか？　今までいちばん美味かったのは、コンピュータ・チップだ。不味いのは銃弾やゲル化油だ。戦車砲弾なんて二度とごめんだね。しかし、それも平気になりつつある。よくわかるんだ。あと少ししたら、核ミサイルも平気になるさ」

何とも不気味に嫌らしく笑って、

「いちいち心配しないで結構だ。何もかも食らい尽くしてくれる。おまえもな」

「遠慮する」

せつらはちらと孔を見上げた。動揺が伝わって来た。

「見るな」

志賀巻の声は苦しげであった。

「娘の人形が来たはずだ。何処にいる？」

「何処かにいる。捜してみるがいい」

「了解」

せつらは妖糸を放った。

「うわ」

低く洩らして妖糸を手放す。前とは比べようのない悪寒に襲われたのだ。

それでも、

「強くなってるね」

と洩らした声は、茫洋たるものだ。

「おまえの糸は——不味い」

志賀巻の声には、奢りと——苦痛が滲んでいた。

つう、と孔から黒い糸が垂れて来た。それは床に小さな穴を穿った。

「恐ろしい男だ。だが、見ろ。私の血は地面を貫いて地核まで通じる。じきに、そこも無事に通過し、地球の反対側まで抜ける力を得るだろう。世界は驚くぞ」

志賀巻への攻撃は、こうして封じられた。血潮すら破壊者と化す悪鬼を、いかに封じるか。せつらにも思い浮かばなかった。


「〈新宿〉の脅威は、今すぐに処理すべきだと、桜沢宗教大臣から進言があった」

広い執務室で、大デスクの向こうの人物は、女性大臣を鋭い眼で見つめた。

「ですが、総理——申し上げたとおり、目下〈新宿〉一のマン・サーチャーが敵を追いつめています。ここはしばらく猶予をいただきたい」

「一〇〇を超す宗教団体が揃って、その脅威による世界の危機を訴えておる。アメリカと北の国の核戦争イベントの時も、宗教団体からは一切干渉はなかったのだ。しかも、本日の朝いちで、アメリカから緊急回線で連絡が入った。エドガー・ケイシー財団から〈SHINJUKU〉の脅威について、恐るべきアドバイスがあったという」

「世界の滅亡ですか」

うんざりした声だわ、と防衛大臣は思った。デスクの向こうの人物は、太い眉を寄せた。ふてぶてしいが緊張を露わにした熟女の表情が急にとろけたのだ——恍惚と。

「ご心配なく——とは申し上げませんが、〈新宿〉はあそこの住人以外には理解できぬ異境です。現に、そこで生まれた化物を、いま我々はどうすることもできないではありませんか。ならばここは、想像もつかぬ味方に任せるべきです。彼は必ず依頼を果たすでしょう」

熱い胸中を死ぬ思いでこらえながら言い放ち、女性大臣はふと胸を衝かれた。

「秋せつらか——データを見たよ。謎の多い若者だ。確実なのはひとつだけ——美しい」

総理のこの顔は、やっぱり。

「だが、どのような腕利きであろうと、我が国はアメリカの意向を無視はできん。エドガー・ケイシーの遺した〝予言〟は、すべてデータ化されている。それが、誰もプログラミングしないにもかかわらず、勝手にスクリーンへ映し出されたという。内容はこうだ」

総理はデスク上のＰＣスクリーンを女性大臣の方へ向けた。

こうあった。

〝〈SHINJUKU〉の孔を塞げ。これにしくじれば、世界は破滅という奈落へ吸い込まれるだろう〟

エドガー・ケイシー——ミシェル・ノストラダムスと並ぶ史上最大の予言者だ。その予言の多くは昏睡状態でなされたため、〝眠れる予言者〟の異名を持つ。数万年の未来に及ぶその言葉は、すべて「エドガー・ケイシー財団」が保管し、政府の方針にも、極秘裡に影響を及ぼしているという。

「アメリカの出方は？　ご存じなのですか？」

総理は眼を閉じ、指を組んで、うなずいた。

スクリーンを戻し、コンピュータを叩いて、盗聴、盗撮が行なわれていないのを確かめてから言った。

「ケイシーの予言とやらは、今日を入れて二日のうちに脅威を排除しなければ、世界は破滅に向かうと告げたらしい」

「――では、明後日、〈新宿〉へ総攻撃を?」

「そうは言っておらん。これはロシアと中国からの情報だが、アメリカ大統領は、かの北の国をつついているらしい。そう驚くな。水爆搭載のICBMなどなくても、短距離ミサイルに小型原爆さえ積めば、脅威を除くのは簡単だ。アメリカが出るまでもあるまい。ああ見えて、トラブルの渦中にあればあるほど、共通の利害が生じれば、手を握りやすいのだ」

「北のミサイルに見せかけて、在日米軍が動くこともあり得ます。横須賀(よこすか)か座間(ざま)の地下に眠る核に時限装置を仕掛ければ、あとは〈新宿〉に持ち込み、北のミサイル発射とタイミングを合わせて起爆させれば済むことです。北へは経済制裁の強化で済みます。アメリカにしてみれば、たかだかジャップの一都市を破壊するだけの話です。在日米軍は総力を挙げて救助活動に打ち込み、国民を感動させるでしょう」

「君がそれほど陰謀史家で、アメリカ嫌いとは思わなかったよ」

「どうなさいますか? 〈区民〉を避難させるには二日では到底――」

「ここは、我々の知る人捜し屋(マン・サーチャー)殿を信じるしかないな」

「同感です」

なぜか熱いものが胸を満たすのを、女性大臣は感じた。

あの美しい若者――あれだけ美しいとあとは滅(ほろ)びしかないだろう。けれど、まだ早い。その前に救いを成し遂(と)げて。

「来い」

苦しげな、しかし、自信に溢(あふ)れた志賀巻の声は、せつらの足下に忽然と生じた黒孔に化けた。

黒い手が伸びてくる。

虚しく空を摑む指から五メートルも水平に移動し、せつらは、

「あれ？」

とつぶやいた。彼は床の上にいた。エッシャー邸の空間的歪みは、全空間に及んでいるのだった。

「わわ」

すでに黒孔は一メートル手前まで迫っていた。妖糸を放つ。それは何処かへ伸び続けた。

「あれ？」

孔は消えていた。床のエッシャー効果は、魔性にも容赦しなかったのだ。

周囲に気配はない。妖糸を放っても無駄だ。

せつらは口に手を当てて、

「おーい」

と呼んだ。

「聞こえたら返事」


相手は二人だった。

片方から返事があった。

「二階です」

尋常な声だ。せつらは階段へ眼を向けた。身体は階段の上を平行に走った。

ドアはひとつもなかったが、せつらは平然と頭上を見上げた。

天井にひとつ嵌め込まれていた。

せつらはその前に跳躍してドアを開けた。

室内のものはすべて下に向かっていた。

垂直の部屋も、せつらには気にもならなかった。

人形娘はドアの向こうに立っていた。

「せつらさん」

ふわりと浮き上がった仕掛けはわからない。彼女の生みの親――ガレーン・ヌーレンブルク。現雇い主の姉が施した工学的魔力であろう。

ひょいとせつらの左肩に乗った。人形娘の定席である。

「救けに来てくださったのですね。ありがとうございます」

どんな野蛮人も腑抜けになりそうな可憐そのものの声であった。

たったひとりの例外は、いつものように茫洋と、

「何の何の」

と返したきりであった。

「奴らに追われて、ここへ逃げ込んだのです。入って来なかったのは、〝エッシャー効果〟で空間が曲がっているせいだと思います」

「異議なし」

と片手を上げて、

「しかし、奴はまだ邸内にいる。じきに遭遇する」

「一刻も早く仕止めないと、ますます怪物化します」

「ご主人はどうしてる?」

「携帯も精神感応も効果ありません。みな途中で別の場所へ行ってしまうのです」

「救けに来ても同じ目に遭うか」

「来ませんて」

「それもそうだ」

「奴は——志賀巻は何処に?」

人形娘が四方を見廻したとき、家がきしんだ。

壁板が剝がれ、天井が弾け、ベッドが床を滑っていく。

「呑み込むつもりだ」

とせつら。

「どうします?」

「とりあえず、出よう」

「でも、ドアがありません」

「はあ」

のっぺら坊の壁面がドアの位置にそびえていた。

「どうします?」

「うーん」

せつらも腕を組んだ。お手上げの合図かもしれない。

床板が剝がれた。

「打つ手はひとつしかないわ」

「はん？」

せつらの記憶が甦（よみがえ）った。

「これです」

小さな白い手に、虹色の小瓶（こびん）が載っていた。

「なぜ使わない？」

「奥の手だと思いまして」

「今がそのときだ」

「はい」

せつらの肩から、かすかな重さが消えた。

ごおごおと音をたてて、あらゆる構造物が左方奥へと流れていく。その壁面に、確かに黒い孔が開いていた。

人形娘が右手をふりかぶった。

不意にすべてが停止した。

壁板も天井板も次々に床へ落ちていく。

「来たか」

せつらがつぶやいた。

「え？」

「化物は化物同士」

「あっ⁉」

人形娘は眼を見張った。

壁孔が広がっている。否（いな）、もうひとつの孔が付着したのである。

「どっちかな？」

せつらは少し愉（たの）しそうである。

新たな孔は付着部の凹凸（おうとつ）を消した。ひとつに重なったのだ。

孔の中から、凄（すさ）まじい苦鳴（くめい）が上がった。志賀巻の声であった。

「やめろ――貴様（きさま）……何者だ？」

「鐘鬼ってものさ。師匠からあんたの始末を頼まれてな」

「邪魔をするな。私はこの世界を――宇宙まで食らい尽くすのだ。なんと偉大な。すべての生き物が感動してその身を捧げるだろう」

「いいねえ」

鐘鬼の声は同意を示した。

「だけどな、食らうのはおれだ。あんたはこの街の地下で、大人しく眠りな」

「うるさい——下がれ」

孔は急速にその形を変えた。

輪ゴムのように伸縮し、残った床いっぱいに広がり、奇怪な顔や生物のカリカチュアを描き出す。

「まるで、アニメ」

と人形娘がつぶやいた。

「わお」

せつらが急上昇に移った。

黒い手が伸びたのだ。

別の手が追いすがって絡み合い、孔の中へ引きずり込む。

ぼっと飛沫がとんだ。

それは血潮だったに違いない。


人形娘が悲鳴を上げた。

右の足首に一点飛沫がかかったのだ。

四方が闇と化した。

床と壁を孔が呑み込んだのだ。

「脱出」

せつらは頭上の壁に開いた窓へと跳躍した。

——失くなるかな
と思ったが、普通の窓ガラスを粉々に砕いて、二人は窓の外に出た。

着地と同時に猛烈なめまいに襲われ、せつらは片膝をついた。

急速に意識が遠のいていく。

身体の奥から悪寒が甦ってきた。

眼の隅に、駆けつけてくるでぶ——トンブ・ヌーレンブルクと、もはや原形も失い、何処とも知れぬ孔に吸い込まれていく〝エッシャー邸〟を留めたのを最後に、彼は頽れた。

2

回復したのは、丸一日を経てからであった。

トンブの蘇生術と、それだけで足りずに運び込まれた〈メフィスト病院〉の院長直々の治療の成果であった。

枕元にはメフィストとトンブの他に、伽椰も付き添っていた。

「恐ろしい奴だったわね」

トンブが口をへの字に曲げて言った。

「いくら術をかけても回復しない。仕方がないから、ここへ連れて来てやったのだわさ」

「仕方がないから？」

じろりと横目で睨む白い医師へ、

「おかげでせつらさん、助かりました」

と人形娘は頭を垂れた。この辺、ソツがない。人間離れした主人に、二代に亘って仕えてきた知恵だろう。

ところが、

「せつらさん？」

メフィストのじろりは、さらに鋭くなった。あわてて、

「いえ、秋さんです」

「よろしい——確かに恐ろしい相手だ」

とメフィストは認めた。

「あの黒い手に二度も摑まれたら、強化人間でも廃人化してしまう。よく保ったな」

「何とか」

と答えてから、人形娘へ眼をやり、

「足は？」

「おかげさまで無事です」

と右足を上げて、足首から先をふって見せた。

せつらはそれから、

「——志賀巻と鐘鬼は？」

と訊いた。

メフィストの眼が光った。人形娘のほうが先か、というわけである。魔人同士の関係は、これで凡人以上に面倒なことがあるようだ。

「〝エッシャー邸〟ごと消えちまったよ」

トンブが、五段腹をぴしゃんと叩いた。

「何処へ行ったかは見当もつかないし、生死も不明だわさ」

「永劫に戻らないかもしれません」

人形娘が嬉しそうに言った。そうなれば、せつらが危険な目に遭うことがない。

そこへ、

「〈新宿〉のど真ん中に現われるかもしれないよ」

人形娘は、珍しく憎しみを込めて、主人を睨みつけた。

「〝ボルギーナの葉〟を早いとこ使えば、こんな目には遭わなくて済んだんだわさ」

「それは……」

しょんぼりする人形娘を冷ややかに無視して、

「しばらく休みたまえ。今は待つしかあるまい」

こう言うメフィストの眼の前で、せつらは、いや、と返した。

「もうひとりいる」

「花森ね」

伽椰がうなずいた。

「あたしも行くわ」

「邪魔」

とせつら。

「どういう意味よ？」

「花森も知らぬ間にレベル・アップしている。危ない」

「そんなこと最初からわかってるわよ」

「支払いがまだ」

伽椰の顔は怒りで血の気を失った。

「今すぐ前払いしてあげる。それでどう？」

「わかりました」

「しっかりしてるね」

皮肉っぽく言うトンブのかたわらで、

「本当に」

人形娘が、うっとりと見つめた。

「やむを得ん。治療は、完全に終わっている。あとは患者の意思次第だ」

「どーも」

せつらは起き上がった。

パジャマも寝巻もつけていない。

コート以外は——靴までそのままだ。

「何よ、これ？」

伽椰がメフィストに眼をやった。

「看護師に任せたら、全員が脱衣させるのを拒否した。彼の裸を見たら、自分がどうなるかわからんと言ってな」

「躾がなってないわね」

トンブが嫌みったらしく言うと、

「立派な人たちですね」

人形娘が、さっきのお返しをしてのけた。


五分後に、せつらは病院を出た。伽椰がついて来た。

「ちょっと付き合いなさいよ」

「次にして」

「すぐよ」

「面倒臭そう」

「あたしを誤解してない？」

「で、何処へ？」

「銀行。報酬を払うわ」

「行こう」

伽椰は軽蔑しきった表情で、いちばん近くのATMへ入った。

外で待つせつらのかたわらへ、人影が近づいた。

「ん？」

驚いた。気配がまったく感じられなかったのだ。この街で生きるために、〈区民〉の五感は人間の限界まで研ぎ澄まされている。実体を欠いた人外の存在ですらパーソナルスペースに入るまでに感知する。人影に殺意があれば、せつらはたやすく殺害されていたかもしれない。

「――は死んでいないよ」

皺の間から覗く顔立ちに見覚えがあった。

「ミセス・ヴァージン？」

声は老婆の身体を通り抜けた。

立ち尽くす顔の前に、

「はい」

と分厚い紙袋が突き出された。

呆然としながらも、

「どーも」

と受け取って、コートの内側に仕舞ってから、

「見た？」

と訊いたのは立派だ。

「何をよ？」

「ミセス・ヴァージン」

「首吊って死んだんじゃなかった？」

「いや、死んでない」

「？」

「いや、当人は死んだんだ」

「――何の話よ？」

伽椰はいら立ちを隠さなかった。

「死んだが、死んでない――か」

「ちょっと、しっかりしてよ」

「うーむ」

と口にしたとき、携帯が鳴った。

それを取って、はいと返して数秒。

携帯を仕舞ってから、

「〈戸山町〉へ行く」

「密告？」

「そ」

「誰からよ？」

「白川さん」

昨日、二人でその死を確認した〈四谷〉の「医学研究所」の女医だ。

「それも死人よね」

「そ」

「付き合いが広いわね」

「何とか」

二人は〈旧区役所通り〉を渡って、タクシーを拾った。

走り出してすぐ、何か閃いたらしく伽椰は只ならぬ声で、

「〈戸山町〉って、まさか……」

「そうでないことを祈ろう」

タクシーを停めたのは、〈戸山住宅〉の前であった。

言うまでもない。闇の一族——吸血鬼たちの塒だ。住人たちが植えたという、密林を思わせる木立ちに囲まれた建物は、常のごとく静かな眠りについていた。

「異常なし——でもなさそうね」

光の波紋が点々と地に落ちる石畳の小径を進みながら、伽椰は前方に仄見える建物を凝視した。


静かだ。

それは当然だ。

住人たちは日が落ちるまで眠りについているのだから。

「護衛がいるはずだけど」

「役に立つもんですか」

「当たり」

せつらはすでにとばした妖糸から、凄まじい状況を得ていた。

一棟、二棟は外壁のみの空洞と化していた。

何もかも床ごと呑み込まれてしまったのだ。

「奥だ」

せつらは出来たての廃墟を無視して走った。

出入口には人影が固まっていた。昼の間だけ雇われたガードマンたちである。先頭にいるのは、大口径レーザー砲を備えた操縦席と液体金属脚を持つ小型戦闘機だ。

闇商人から仕入れることもできるが、〈新宿警察〉

では、治安上必要な条件を満たせば、民間へも貸し出している。

銃口がせつらを向いた。

すぐに戻った。ドアが開いて、長方形のロボットと思(おぼ)しい姿が現われたのである。頭部から腰にかけては、どう見ても柩(ひつぎ)であった。

そこから声がした。

「秋せつら殿——ようこそ、夜香(やこう)様がお待ちです」

「ご存じでしょうか」

せつらは肩越しに後方を指さした。

「わかっております。恐るべき敵ですな。一、二棟以外の者たちは、地下トンネルから移動させてありますが、五〇名以上を失いました。さ——こちらへ」

柩運搬用のローダーのあとをついて、せつらと伽椰は最後の建物へ入った。

一歩入った途端、伽椰は目を見張った。

「何よ、ここ?」

外から見る平凡で古臭い団地のイメージは、圧倒的な内観が覆(くつがえ)していた。

コンクリートの外壁は、凄まじい質量を感じさせる巨石の積み重ねであった。天井の——掘削(くっさく)するのに一〇〇〇年もかかりそうな窓から、うっすらと午後の光が忍び込んでくる。明かりはそれだけだ。

内部も外観の一〇倍は優にある。

柩が言った。

「お乗りください」

いつの間にか、二人のかたわらに鉄の柩が固定されていた。トロッコだ。レールが奥の闇へと走っている。

二人が乗り込むと、何処かでレバーを倒すような音が聞こえ、トロッコはのろのろと走り出した。

一〇メートルほどで加速に移り、終(しま)いにごおごおと風を切り、闇を貫いていく。時速二〇〇キロは超えているだろう。地下ではない。すべて、建物の内部だとせつらにはわかっていた。

五分ほどで急な減速に移り、広大な空間で停止した。

　圧倒的な石の圧力に、伽椰が身を震わせた。

　トロッコの一〇メートルほど前方に、高さ五メートルもある丘陵型の石の台座がそびえ、その上に石の柩が重々しく載っている。崖の下に、戦闘機が液体金属脚を屈曲させている。跪(ひざまず)いているのだ。

〈戸山住宅〉を棲家(すみか)とする吸血鬼団は、昼の間は眠りについているのが普通だ。耳元で爆弾が炸裂(さくれつ)しても覚醒はしない。逆にいえば、とどめを刺すならこのとき——すなわち今だ。

　だが千年二千年の年齢(とし)を経た重鎮(じゅうちん)たちとなると、光さえ浴びなければ行動の自由を得ることが可能だ。

　戦闘機の横に跪いている、黄金の衣をまとった老人はそのひとりであろう。

「敵が近づいております。夜香様」

　と老人は恭(うやうや)しく告げた。

「おそらくその敵を斃(たお)すべく、〈新宿〉一のマン・サーチャー殿が駆けつけてくれました。秋せつら殿とお連れでございます」

　ひと呼吸(いき)おいて、石がこすれ合うような響きが、台座の上から降って来た。

　柩の蓋(ふた)が後退していくのだ。

　石の蓋は、柩の端までずれても落ちなかった。

　何処にあるとも知れぬ朧(おぼろ)な光の中で、青い影が立ち上がった。

「お久しぶりです」

〈戸山町〉吸血鬼団の総帥(そうすい)は端整(たんせい)な顔に親しげな笑みを刷(は)いて、せつらを見つめた。

3

「挨拶は後」

　とせつらは言った。

「危ない敵が迫っている。排除しなくてはならない」

「存じております。先祖伝来の石の柩にいても、世間は安らかに眠らせてくれません。わからないのはひとつだけ――何故、我々を狙ったか、です」

「今の彼の目的は、〈新宿〉のみならず、宇宙全体を食い尽くしてしまうことです。それには、そのとき〈新宿〉で、まず邪魔になる存在を抹消しようとするでしょう。残念ながら、彼にはそれだけの力がある。何とかしないと」

「我々は、〈新宿〉の一角で偽りの生を営むささやかな一族ですが、一万余の年を戦いに明け暮れてまいりました。この世に生まれた存在なら、すべてを撃退し得る手段は心得ております。心安らかにお待ちくださいませ」

　青いケープをまとった若者の顔の中に、二つの光点がきらめいた。紅い。これも恐るべき闘志を湛えた双眸だと、せつらは知っていた。

　青い翼を広げた美しい凶鳥のように、夜香は台座から舞い下り、老人のかたわらに立つと、

「私が行こう」

と言った。右手に握られた真紅の杖にせつらははじめて気がついた。

　彼の父――先代・長老の愛用した品だ。

「念のため――吸い込まれるよ」

　夜香は、せつらのやって来た方へ歩き出した。

「そのものに会ったことがない、とお思いですか？」

　伽椰が低く、

「まさか――知ってるの？」

　言葉を刻んだ。

「のちほど――飲茶でも」

　すれ違うとき、夜香は、せつらの肩に手を置いた。

「どうも」

　青い影は闇に同化した。

「行かないの？」

伽椰が訊いた。

せつらは老人へ、

「どう？」

「おやめくださいませ」

「だってさ」

　夜香の赴いた戦いは、生死ばかりか魂まで賭けたものかもしれない。どのような形だろうと、独りで挑むべきなのだ。


　夜香は長い傾斜路を下りて行った。棟と棟とをつなぐ地下通路である。「暗示掘削術」を使用しているため、物理法則の支配は受けない。あらゆる方向へ好きなだけ広げることが可能なのだ。夜香の進む通路は縦横ともに一〇〇メートルあった。

　薄明の世界を歩む夜香の姿は、海淵の底を辿る深海魚のように孤独だった。

　足が止まった。

　前方の闇の奥からやって来る足音と姿を、夜香の超感覚は捉えていた。距離は一〇〇メートル。

　小さくつぶやいた。

「名を聞こう」

　測定不可能な空気の流れが、相手の鼓膜に触れ、やがて、逆の流れが、夜香の耳に届いた。

「花森だ」

「目的は？」

「邪魔者の抹殺だ」

　花森の瞳に紅い光点が点った。夜香の眼だ。

　五秒――一〇秒――それはふっと消えた。

「我が瞳術は効かずか。大したものだ」

　彼はケープの内側から小さな両輪をつけた長さ五センチほどの円筒を取り出し、足下に放った。円筒の底からは斜めに細い鉤が突き出ており、細い筋を地表に残した。

　それは華麗に回転しつつ、信じ難い速さで花森へと前進し、こちらも歩みを止めていたその足の間をさらに三メートルほど進んで停止した。

「五〇〇〇年前、祖父と闘ったことがあると聞いた。地の底へとすべてを引きずり込んで食らう大食漢——だが、自分が食われるのはどうだ?」

夜香の杖が、二人をつなぐ筋の端を軽く叩いた。

それが幅一〇メートルもの亀裂と化したのは、その瞬間だった。

声もなく花森は黒い淵に呑み込まれた。同時に亀裂は閉じた。鈍い轟きが、洞窟といってもいい通路に響き渡った。

夜香は地上に下りた。小打の反動を利用して五センチほど宙に浮いていたのだ。

そこで動かなくなった。

両眼が紅玉のようにかがやき、地上の一点を見つめた。その遥か下方で、花森と名乗った男は、数十万トンの重量に骨まで吸収されているはずだった。

水面に広がる墨汁のように、黒い円が生じた。

そこから黒い手が伸びて来るのを認めるより早く、夜香は一跳躍を行ない、黒い孔の真上で、その手を薙ぎ払った。

骨の砕ける音がして、腕は引っ込んだ。

着地した夜香の足下に、黒い線が波のように迫った。

二度——三度——跳躍をくり返し、夜香は青い蝙蝠のように、足から天井に貼りついた。

その足下に、黒い孔が開いたのである。左の足首を摑んだのは、さっきと逆の手であった。

うっ、と呻いて、夜香はまたも杖で弾くや、数メートル後方に着地し、崩れ落ちた。

その足下に死の孔が、妖気を噴き上げながら迫る。

何処からともなく、一葉の写真がとんで来るや、糸にでも引かれたかのように孔に吸い込まれた。

突然、孔から妖気の噴出が熄んだ。

夜香が上体を起こし、杖を投げ入れた。

光が垂直に噴出した。黒い光だった。それは天井を貫き、午後の空を何処までも昇っていって、急に消えた。

　夜香は、孔の位置に立つ人影を見つめた。

　花森と名乗った男は、左胸から生えた杖を両手で握りしめ、抜こうとしたが、力を入れることができぬまま、仰向けに倒れた。

　みるみる黒い人影が地上に広がり、動かなくなった。

　夜香が片足を引き引き近づいたとき、それは直径一〇センチほどの孔と化していた。

　もはや妖気は失われていた。

　孔の縁に落ちていた写真を夜香は拾い上げた。

　ベッドに横たわる娘の姿だった。

　別の手が、それを引き取った。

「その娘は、奴の恋人ですか？」

　夜香が訊いた。

「はて」

　と秋せつらは答えた。

　ホテルを出るとき、病み果てた千瀬という娘の写真を撮ったことは、花森に伝えていなかった。

「これで片がつきました」

「あと二人」

「え？」

「何でも」

　嘘ではない。夜香の戦いはもう終わったのであった。


「これで終わりかしら」

　と伽椰が切り出したのは、〈戸山住宅〉を出てすぐ、近くのレストランへ入ったときだった。

　看板に大きく、「昔ながらの洋食屋」と飾り文字が描かれ、確かに古風な盛りつけのナポリタンがせつらの前に置かれた。

「どう？」

　昔ながらのミートソースを口に運びながら、伽椰が重ねて訊いた。

「全然」

「終わってない――か。でも、志賀巻と鐘鬼が戻ってくるかどうかはわからないわよ」

「じゃあ、今晩から枕を高くしたら」

「眠れそうにないわね。すぐに現われると思う？」

「十中八九」

「どっちが勝っても負けても、残ったほうが私たちの敵になるわ」

「どっちも勝ったら？」

「――どういうこと？」

せつらはパスタを巻きつけたフォークを伽椰の手から移して、パスタを自分の皿に載せた。自分のパスタを加えて、かき混ぜた。

「ナポリタンでもミートソースでもないけど、どちらも残ってる」

伽椰が息を呑んだのは、この言葉の前だった。

「わかったわ。こうならないことを願うけど」

「本当に？」

伽椰はせつらの顔から眼をそらしたまま、

「私はただの殺し屋よ。宇宙の破滅なんて望んでないわ」

ワイン・グラスが上がった。

せつらは、昔ながらのラムネだった。

グラスの縁とくびれた瓶とが、硬い音をたてた。

よい響きとは言えなかった。


二人の居場所を摑んだら必ず連絡しますと、せつらに約束させて、伽椰は〈早稲田通り〉で別れた。

美しい人捜し屋はバスで経済的に去った。

六時前でも、闇の世界だ。

周囲にはネオンがきらめいている。妖気に包まれているのを別にすれば、〈区外〉の繁華街とさして変わりはない。

だが、足下を見れば、おびただしい蝦蟇に似た影が〈高田馬場〉の方へと跳ねていくし、頭上を見上げれば、人型の白い塊が、〈明治通り〉の方へ流れていく。笑いながら、通りすぎていく学生たちの顔が、その瞬間、髑髏に見えたのは何故だろう。

空車が何台も通りかかったが、伽椰は〈高田馬場駅〉まで歩くことに決めた。

気がつくと、兄と弟の顔が胸の中に浮いていた。

生死は殺し屋にとって三度の食事のようなものだ。知らん顔をしていても、いつかは摂らずにはいられない。どちらを選ぶかは、彼らの手に余る。決めるのは運命だ。

弟は死を摂り、兄もいずれそれを口にせずにはいられない。伽椰自らもいずれそうなるだろう。

忘れようと努めた。そのために選んだのは世にも美しい若者の顔であった。伽椰の右手は股間に下がり、そこで止まった。

「糞ったれ。美しすぎて、独りでする気にもならないわ」

かたわらで、ブレーキ音が波のように広がった。

白いオープン・カーだ。一九五〇年代のクラシック・スタイルの運転席から、金髪にテニス・ルックのアメリカンではなく、髪の薄いこの国の中年男が、伽椰ににやついて見せている。

「乗ってかんか？」

「いいわね」

自然に出た。

一分と待たずに、助手席の女殺し屋とともに、翼型のエンブレムをそびやかしたクライスラーは、〈高田馬場〉方面へ疾走を開始した。

ハンドルを握る手が、自動操縦のスイッチを入れるのを、伽椰は見た。

車は次の角を右へ折れた。

二〇メートルほど路地を進んで停まるとすぐ、男は抱きついて来た。

伽椰は抵抗しなかった。

唇が重なった。入って来た男の舌を、伽椰は激しく吸った。離れた男の顔は欲望にとろけていた。世界一醜悪な表情へ、伽椰は、

「火傷するわよ」

と言った。

「全身を頼む」

男はもう一度唇を重ねてから、伽椰の顔を舐めはじめた。

生あたたかい舌が、鼻孔を探りはじめると、伽椰はすぐ喘ぎはじめた。

「淫乱だな、おまえ」

男は白い手を取って股間へ導いた。布地の上から握った。すでに猛っている。

「早く、出せ――しごくんだ」

「偉そうに」

伽椰は男の唇と舌を喉に受けながら、ベルトを外し、ジッパーを下ろした。熱いこわばりを握りしめたとき、二人は同時にああと呻いた。

男がその顔を下へ押した。

根元まで呑み込むと、男は身を震わせて、

「いいぞ」

と呻いた。

「困った妹だな」

伽椰は発条のように跳ね起きた。

「お、おい!?」

すがる顔面に肘を打ち込んで黙らせてから、車外へ放り出すと、後部座席に腰を下ろした影を見つめた。

「よお」

影は明るく陰々たる声音とともに片手を上げた。

それを闇の中で見据え、

「何処に行っていたのよ、兄貴?」

と伽椰は顎をしゃくった。

第十章　破滅観

1

「色々あってな」

兄貴――崖ヶ谷新次は、死にゆく者のような凄惨な笑顔になった。凶々しい雰囲気はそのままだが、随分と落ち着いている。志賀巻の呪縛圏から脱出したのかもしれないと伽椰は思った。

ところが、

「今じゃ志賀巻さんの部下だ。実は、ずっとおまえと秋を捜していたのよ」

「どうして私がここにいると?」

「おまえ、あの色男と〈戸山住宅〉へ行ったろう」

伽椰の心臓が、ひとつ大きく鳴った。

「そこには花森がいたはずだ。おれにゃわからねえが、志賀巻さんにゃ、自分と同類の動きは何とはなしにわかるそうだ。それで、おれが見に行く羽目になったのさ。さすがに中へは入れねえ。で、うろうろしているうちに、おまえと色男が出て来たってわけだ」

「で、これからどうする予定?」

「志賀巻さんとしては、邪魔者を排除するつもりでいる。まずは〈戸山町〉の吸血鬼ども、続いて――〈旧区役所通り〉の白い院長、次が〈新宿〉一の人捜し屋」

「わかってないわね、兄貴」

「何がだ?」

「まったく逆よ、本当は」

「あの色男が、ドクター・メフィストや吸血鬼どもより危険だというのか?」

「一〇分も一緒にいればわかるわよ」

伽椰の身体が震えた。怯えの痙攣であった。

新次が、痩せこけた顔の中で、濁った眼を光らせて、

「おまえが震えるとはな。志賀巻さんに進言するのがよさそうだ」

「で、あたしは？」

「邪魔者のひとりだ」

「そう簡単にはいかないわよ、兄貴」

「よくわかっているさ。実は、志賀巻さんはおまえが気に入ったそうだ」

「死んだほうがましよ。で、実の妹を黒い孔に売り渡そうってわけ？　サイテー」

「とにかく来い」

「真っ平よ」

言い放った途端、伽椰はよろめき、助手席にすわり込んだ。クライスラーが急発進したのだ。

〈早稲田通り〉から〈明治通り〉へ入って、ぐんぐんスピードを上げる。

「〝招き水〟よね。でも、私の技は知ってるわよね」

黒髪が波打った。

それが交差点の信号に巻きつくや、伽椰の身体は、凄まじい勢いで空中へ引っぱられ、新次は胸を押さえてよろめいた。指の間から黒髪がこぼれている。伽椰の毛術が心臓を貫いたのである。

だが、同時に伽椰の身体も、凄まじい勢いで、尻から地上へ叩きつけられていた。

素早く車を停め、新次は荒い息をついだ。声をかけて黒髪を引き抜いた。

後に血痕が残った。それがみるみる黒い孔に変わって縮み――消滅した。

勢いよく車からとび降りると、新次は路上で呻く妹に走り寄った。

「おれの〝招き水〟――触れられるものの上なら、何処へでも連れて行く。信号に巻きついた髪の毛だろうとな」

しゃがみ込んで、伽椰の顔を覗き込む。憎悪を込めた瞳の中に自分の顔を確かめ、

「腰の骨は砕けたようだが、他は異常なしだ。安心しろ。スムーズに運んでやるよ」

「この……莫迦……兄貴」

苦しげに罵り、伽椰は首を垂れた。

闇の中で眼を醒ました。

全身に触れる感覚に、伽椰はぼんやりと恐怖を感じた。

これは――空中だ。しかし、吹きつけて来る妖気の凄まじさ。気力も湧いて来ない。

――ひょっとしたら
「孔の中？」

声に出すと恐怖が――少し募った。妖気のせいで怯えることもできない。

そのとき、何処からともなく二つの声が聞こえて来た。会話が成り立っているらしい。耳を澄ますことはできた。

「好きなようにしてください」

「おまえの妹だぞ、悪い兄貴だな」

「前から、誰とも寝ないならおれが、と考えていました」

「後を尾けられなかったろうな？」

「確かめながらまいりました」

「よかろう」

「世界はいつ破滅するのでしょうか？」

「望んでいるか？」

「自分だけじゃありません。人間はみな胸の中でそれを望んでおります」

「鐘鬼を片づけてからだ」

「奴は何処に？」

「じきに来る。来れば私にはわかる。向こうも、だがな」

「手を組んだらどうですか？」

「この前の戦いで身に沁みた。不倶戴天とは奴と私のことだ」

「――何にせよ、早いところ頼みます。で、妹はどうします？」

「しばらく置いておけ。少しずつ食らうとしよう」

恐怖が伽椰を貫いた。抱かれるなら、幾らでも逃亡のチャンスはある。だが、奴は――志賀巻は、食い尽くすつもりなのだ。

ざわざわと髪が波立ち、四方へ広がった。

伽椰はすぐ諦めた。

闇は何処までも続いていた。

髪の毛は戻った。

「ところで、気がついたか？」

志賀巻が訊いた。

「何が、ですか？」

「やはり、おまえには無理か。私にはすぐわかった。一本ついていたぞ」

「秋せつらの糸――ですか？　すると、奴はじきにここへ」

「並の探偵や公安関係ならな。だが、あの男のやり方だけは、私にも想像がつかない」

安堵が女殺し屋の緊張を解いた。

あのマン・サーチャーが気づいている。彼は必ずやって来るだろう。だが、敵も待ち構えているのだ。そう理解していても、安堵の思いは消えなかった。

あの美しい男なら何とかしてくれる。何の手も打てなくても――あの美しさが。

不意にひとつの気配が生じた。

来た。

闇の中に、ぼお、とひとつの顔が浮かんだ。

志賀巻だ。

「この役立たずめ――罰を与えてやる」

と顔は言った。薄い唇の端から、唾液が長い尾を引いた。


伽椰の異常を妖糸が伝えて来た瞬間に、せつらにはやるべきことがわかっていた。

糸は伽椰の居場所も伝えて来た。

〈大久保〉の廃墟だ。

今の姿になった志賀巻には、隠れ家など意味はない。恐らくは人間――崖ヶ谷新次のためのものだろう。

何のために伽椰を捕らえたのか？

せつらをおびき出すためか？

いや、まず新次を送り込んだのが〈戸山町〉だった点から見て、志賀巻はせつらを重大な敵と見なしていない。

それなのに伽椰を？

「危いかな」

ある考えが導き出した台詞だった。

〈秋せんべい店〉の店頭から、彼は宙に舞った。

次々に放たれる妖糸は、木立ちにビルに巻きついて、五分とかからず目的地に着地させるはずであった。


その廃墟はホテル街の奥に三軒分の面積を誇っていた。妖物の心配はない〈第一級安全地帯〉に区分されるため、鉄条網がひと巻きしてあるだけだ。近所の悪童たちの格好の遊び場であった。

ホテルの上物はつぶれたが、地下は無傷と報告されているため、一時は〈区内〉の物資の保管庫になっていた。その後は犯罪組織が同じ目的で利用したため、目下は出入口をコンクリートで塗り固めてある。

その中で、少し前からこんな声が上がっていた。

「それだけで……いいの……もっと味見して……ごらんなさい……な」

「思ったとおりの味だ。こたえられん」

大きな倉庫ほどもある空間には、幽かに明かりが点っていた。床上に置かれた電子ライトの光であった。光量を抑えてあるのは、亀裂から洩れるのを恐れてのことだ。

三つの影が椅子にかけていた。

志賀巻とその右横に新次、二人の前のソファには全裸の伽椰である。

伽椰は腰の後ろでビニールの手錠をかけられていた。

「次は……左の乳首をいただく」

志賀巻は舌舐めずりをした。

左の乳首？　——伽椰の右乳首は失われていた。

そこには小さな黒い孔が開いていた。

「あう……」

白い喉をさらけ出してのけぞったのは何故か？

志賀巻は何もしなかった。息ひとつ吹きかけなかった。ただ、伽椰の豊かな乳房の先には、新しい黒い孔がぽつんと開き、乳首はそれに呑み込まれた。

「美味いよ、君」

志賀巻は胃のあたりを押さえて、満足そうに言った。

彼は伽椰の乳首を食らったのか。

「だが、これだけでは足りない。やはり、おっぱいをひとつ貰おうか」

「——!?」

伽椰が何か叫ぶ前に、右の乳房を黒い孔が覆った。

全身をよじった伽椰は、呻きながら乳房のある場所に開いた小さな奈落を見つめた。

「これは食べごたえがあったよ」

志賀巻は両手の指をよじり合わせて、身悶えした。

「どうやら、今の私は量より質を熱烈に求めているらしい。こうなってから平らげた二〇〇人ばかりより、君のおっぱいひとつのほうが腹を満たしてくれるのだ」

「なら……もっと食らいなさいよ……この化物」

「いかんな、そういう言い方は。いいかね、私は好きでこうなったわけじゃない。〈高田馬場〉に住む婆あのせいだ。しかもその婆あは私にしたことを恥じて自殺してしまった。では私はどうすればいいのだ？　婆あが派遣したもうひとりの私に、おめおめ殺害されろというのか？　とんでもない。私はこうなった瞬間に、それまでの気弱な私が真になさねばならぬことを知った。内気のせいで、理解していながら眼をそむけていた偉大なる行為を——あらゆる存在の抹消だ」

「大したものね……追われて怯えきっていた男が」

伽椰は嘲笑した。

左側の乳房が消えた。白い肌に点々と開いた大小の孔は、むしろ絵画的な美しさを見せていた。

新次が立ち上がった。

その顔つきからして、さすがに妹への狂気の責苦を傍観するのに耐えきれなくなったらしい。

「上へ行きたいのですが」

露骨な軽侮を顔中に湛えて、志賀巻は、彼の方を見た。

奥の壁に等身大の孔が開いた。

新次はその中に消えた。

「やはり兄妹だね。君のこれ以上の苦しみは見たくないそうだ。ところで、何故殺してくれと求めないのだね？」

倒れていた首が、ぐっと持ち上がった。

血の気を失った顔の中で、血走った眼が無限の怨みを込めて、志賀巻を睨みつけた。

「あたしに……人間と……宇宙の全存在を代表して……滅ぼしてくれと……あなたに頼めって……言うの？　……食われたほうが……ましよ」

「よろしい」

志賀巻はうなずいた。

「では、そうしてやろう」

伽椰の右眼と周辺が黒く染まった。

絶叫が噴き上がった。苦痛は組織が破壊されるまなのだ。

「どうだね？」

「いい……気持ち……よ」

伽椰は息も絶え絶えに言った。全身から汗が噴き出していた。

「絶品絶品……次は左眼だ」

ここまで言って、志賀巻はふり返った。新次を呑んだ孔は残してある。

そこから新次が現われた。

背後にもうひとり――世にも美しい若者が。

「待っていたよ、秋せつら」

と志賀巻は唇を歪めた。

2

ほぼ四分の一を失った女の顔が、そちらを向いて、

「何しに……来たのよ?」

「依頼人の救出」

とせつらは返した。

「もう報酬は渡したわ。私のために危ないことをする必要はないはずよ」

「サービス」

死人の顔に、わずかに朱が差した。せつらの言葉を信じてはいなかった。彼は依頼を果たしに来ただけだ。それでも――死に行く女の胸は高鳴った。

「罪な男」

「意外に早く来たな」

志賀巻は嘲った。

「だがそれが命取りだ。本来、おまえは始末リストのトップには載っていない」

「はあ」

「だが、せっかくの訪問だ。いずれ始末する相手には違いない。それに、やはり――美しい。どんな味か愉しませてもらうとしよう」

ふわりと伽椰が宙に浮いた。せつらの後ろに降りるまで、志賀巻は手を出さなかった。

「逃げられはせんよ。後ろの出入口は消した。おまえたちが行くのは、ひとつしかない」

「その前に」

せつらは茫洋と言った。

「外の空気を」

天井が抜けたのは、その刹那であった。

不可視の刃に切り抜かれた二メートル四方のコンクリ塊が、志賀巻を襲った。

黒い孔と化してそれを呑み込んだときにはもう、二人は天井を抜けていた。

廃墟の外へ舞い下りると、

「我慢できる？」

とせつら。

「このくらい」

「オッケ」

「少し先に、知り合いの店がある。そこから、〈メフィスト病院〉へ連れて行ってもらう」

「嫌よ、あいつらはこの手で始末するわ」

「駄目」

伽椰は夜空に舞った。

珍しく星が見えた。せつらよりは美しくなかった。

一〇〇メートルほどとんで着地したのは、交番の前だった。

携帯を耳に当てた警官が現われ、伽椰を見て、

「これか」

と言った。それから、携帯へ向かって、

「了解しました。お任（まか）せください」

と立ち尽くす伽椰に近づいた。伽椰の顔を見ても怯える様子はない。これくらい日常茶飯事（さはんじ）の街なのだ。

警官の手が肩にかかると同時に、伽椰は胸の中に倒れ込んだ。妖糸が外されたのである。

警官に抱き上げられて、交番の方へ向かいながら、

「何が——知り合いの店、よ」

と伽椰は吐き捨てた。

遠くから、〈救命車〉のサイレン音が近づいて来た。

伽椰を乗せた〈救命車〉が走り出すのを空中で確認してから、せつらは地下へと戻った。

誰もいない。新次も消えていた。巻きつけた妖糸の反応もなかった。

「何処（いずこ）へ？　何故？」

せつらは首を傾げた。

逃亡先と逃げた理由がわからないのである。戦いはこれからだったのだ。

口の横に手を当て、抑揚のない声で、

「出てこーい」

と呼んだ。

まさか、返事があるとは。

「おおよ」

それは、真正面の闇の奥であった。伽椰が横たわっていたソファへ、見覚えのある男が腰を下ろしていた。

「それで、逃げたか」

「そういうこった」

せつらのつぶやきを耳に入れたらしい。鐘鬼は立ち上がって、大きく伸びをした。

「こっそり近づいて闇討ちをかけてやろうとしたが、ありゃあ、根が臆病者だな。いち早く察して逃げちまった」

「何処へ？」

「わからねえ」

鐘鬼が肩をすくめた。

「おれの見たところ、まだ世界を呑み込むほどの器量はねえ。だが、じきだ」

「また協力を」

「いいともよ。だがな」

「はあ」

「正直、おれも危ねえ。師匠のかけた抑制魔術のおかげで何とか保ってるが、そのうち、何もかも胃の腑へ収めたくなってきそうだ。早いとこあいつを始末して墓へ戻らねえとなあ」

「急ぐ」

「おお。しかし、見つけても打つ手はあるのか？　おれが勝てるとは限らねえんだぞ」

「〝ボルギーナの葉〟」

「何だい、そりゃ？　どうせどっかのインチキ魔道士が売りつけたバッタもンじゃねえのか？」

「かもね」

せつらも信じていないようである。

「行こ」

垂直に舞い上がって、切り抜いた孔から外へ出た。

鐘鬼はすでに待っていた。

「早いね」

「まあな」

「先に行くから、後から来たら？」

「なぜ嫌がる」

「特に理由は」

「なら、よかろう」

二人は〈大久保通り〉へ出て、タクシーを拾い、〈高田馬場〉にあるヌーレンブルク邸を訪れた。

「むう、こちらは？」

と訝しげに眼を細めるトンブへ、

「あ。鐘鬼さん。ミセス・ヴァージンの一番弟子」

「ふむふむ」

遠慮なくじろじろと眺めるトンブを、鐘鬼はそっぽを向いて無視した。合わないらしい。

「あんた、一度死んでるね。なのに、とんでもない力を――ひょっとして、ミセス・ヴァージンがこさえた対志賀巻用の――」

「頼みがある」

とせつらが割って入った。

「これから志賀巻を捜す。捜し出したら知らせる。カバーして」

「むう」

「できんのかよ、でぶ」

鐘鬼が絡んだ。

「何さ」

トンブが腕まくりした。

「今まで暗いところにいたもので」

とせつら。

「世間知らずか――死んでちゃ無理もないね。少しは身の程を考えな」

その身体が沈んだ。

床に生じた孔に、臀部が嵌まり込んでしまったのだ。

「むう」

ぽん、と跳ね上がった。

孔は消えた。

「むう、やるか？」

と尻を掻きながら身構える眼の前で、鐘鬼が歯を剝いた。

「あー、やめやめ」

せつらが間に入って交互に二人を見つめた。

トンブはともかく、鐘鬼まで頬を染めたのは、神業というしかなかった。

「わかったわさ」

「ま、しょうがねえ」

妥協が成立した。させたのは、美しさであった。

「で、カバーをよろしく」

せつらは薄く笑った。

「むう――はいはい」

「じゃ」

鐘鬼の背を押すようにして、せつらはさっさと退去した。


次に訪れたのは、〈荒木町〉の住宅街であった。

〈魔震〉以後は面影も失われたが、明治時代から東京でも名高い景勝地で、芸者や幇間が小粋な料亭を出入りする花街であった。

せつらが足を運んだ〈杉大門通り〉は今も奇蹟的にその面影を留めていた。

「ここ、ここ」

と外階段を上がって行ったのは、築一〇〇年といっても不思議ではないひびだらけのビルだった。

五つ並んだ真ん中のドアに、

「ぶうぶうパラダイス」

と看板が下がっている。

チャイムもなかった。

木のドアを叩くと、

「どーれ、ぶう」

はっきりと聞こえた。でんでんと足音もやって来た。

「誰、ぶう」

「どーも」

「あらあら」

ガチャガチャと古臭い鍵が開き、太った女が顔を出した。言うまでもない〈新宿〉一の情報屋・外谷良子であった。

内部は六畳間が二つに四畳半のキッチン——平凡極まりない2DKである。

「どーぞ」

外谷が出したコーヒーを、ひと口飲って、

「ぶう」

とせつらは噴き出してしまった。

「何、これ？」

「キリマンジャロ」

「嘘だ」

「あたしのブレンド」

「やっぱり」

「いけるねえ」

ゆっくりとふり向いたせつらの前で、鐘鬼が感心したようにコーヒー・カップを眺めていた。

「こんな美味いコーヒーははじめて飲んだぜ。会うのははじめてだが、名前は知ってる。いや、コーヒーも見てくれも素晴らしい」

「あらら」

外谷がトレイを抱えて、真ん中からへし折った。

感激したらしい。

せつらがぼんやりと二人を見比べて、

「へえ」

と言った。

「同じだけどなあ」

トンブと外谷が、この美しい若者の頭の中では、ただのでぶで括られるらしい。

用件を告げると、外谷は分厚い唇をへの字に曲げて宙を仰いだ。

「うーむ、ぶう」

「難しい？」

「幾つか情報は入ってるんだけど、どれもガセネタだわさ、ぶう」

「いいさ。役に立つのが来たら、すぐに教えてくれ」

鐘鬼は立ち上がって、外谷の盛り上がった肩を叩いた。

「うふ」

と返したので、せつらは眉を寄せた。珍しい表情だ。仰天したのかもしれない。

ビルを出ると、鐘鬼は、

「いやあ、いい女だなあ」

と溜息をつき、せつらを立ち止まらせた。

「ちょっと待ってくれ。デートを申し込んで来る」

鐘鬼は身を翻して階段を上って行った。

首を傾げて下りて来るまで、せつらは宙の一点に眼を据えていた。

「なんだ、あの事務所——いつの間にか『空室』の看板が下がってやがった。冗談かと入ってみたら、本当に空っぽだった。今おれが会ったのは、幻だったのか？」

「移動オフィス」

とせつらは言った。

外谷良子のオフィス〈ぶうぶうパラダイス〉は本来形を持たない。連絡はすべて電話だ。せつらのような馴染みの客にだけ、時折その姿を見せるが、その場所も規模も、それこそ幻のように一定していない。

ヌーレンブルク邸を出て、外谷の携帯にかけたら、すぐに出て来て、ここの住所を告げられたのは、僥倖というより奇蹟に近いのだ。

「何を浮かない顔してるんだ？」

鐘鬼に声をかけられ、せつらはふと現実に戻った。

「おれがあの女に惚れたのが、そんなにおかしいのか？」

「あなたじゃなくてもね」

「まだまだ餓鬼だな、あんた——〈新宿〉一の人捜し屋か何か知らんが、熟した女の味はわからねえ——もう少し、修業しなよ。いいか、女ってのはな、本当に旨みが出るのは、五〇を過ぎてからなんだ」

「…………」

「おれの好みは正直、六〇以上、できれば七〇過ぎがいいな。世間じゃ婆さんだけどよ、中にはあんた、ヴァージンだっているんだぜ」

少し間を置いて、おい？　と呼びかけた。

せつらが身動きもしなかったからだ。

「そうだ」

急に彼はうなずいた。

「死んでいないのは、〝エッシャー邸〟だ」

3

エッシャーとは、マウリッツ・コルネリス・エッシャーを差す。いわゆる〝騙し絵〟の天才として、知らぬ者はないと断言してもいい画家である。

流れ落ちる水が忽然と流れ上がり、二階のベランダを歩いている人物は、実は一階にいるのだ。正面ドアにかけた鍵が実は裏口にもかかっている——ここまでくれば、彼は次元というものの超越を描いていたとしか思えない。

ある戦いによって、しかし、家は消滅し、土地だけが残された。

そして、夜、秋せつらが鐘鬼ともども虚しい地所を訪れたとき、家は妖々として建っていたのである。

「やっぱり」

「前より何もかも歪んでいる」

「どうです？」

「わからんな。気配を絶ってやがる」

せつらの携帯が鳴った。

外谷からであった。

「いま何処さ、ぶう？」

「エッシャー邸の前」

「志賀巻はそこにいる、ぶう」

「どーも」

「姿を消してるだろ？」

「当たり」

せつらは少し驚いた。確かに〈新宿〉一の情報屋だ。

「二階の窓からお入り――その近くにいるよ」

「どーも」

と言ってから、

「ひょっとして――鐘鬼氏のせい？」

「ふふふ」

意味ありげな――どころか不気味この上ない笑い声であった。鐘鬼に告げると、

「そらあ凄い。いやあ、嬉しいね。この件が片づいたら、嫁に貰いに行くぜ」

「――だそうだよ」

「ぐふふ」

外谷の呼吸が荒くなった。明らかに興奮している。ふと、せつらは鐘鬼が間違った道に入り込んでしまったような気がした。

二階へ舞い上がった。窓ガラスは失われていた。すでに侵入していた鐘鬼が、

「いるな」

とつぶやいて、四方へ眼を走らせた。四方――すでに正常な論理的構造は失われていた。

無人の六畳間は天井も壁も床も別方向へ歪み、そのくせ、少し違った位置から見ると、どれも同じ方向に見えるのだった。

「気をつけろ。一歩間違うと、別の場所へ行っちまうぞ」

鐘鬼の声も愉しそうだが、硬さは隠せない。

せつらはとうの昔に数条の妖糸を放っていたが、どれも手応えを伝えては来なかった。この家には、確実なものが存在しないのだ。

耳に当てっぱなしの携帯が、太った声で、

「近くにいるよ——正面のドアだ！」

せつらより、鐘鬼の眼が一瞬早く、ドアを見た。

それが黒い孔に変わるや、天地に広がったのである。

もうひとつの孔が迎え討たなければ、せつらは呑み込まれていただろう。

奈落は互いの形を崩し、苦しげに膨縮しては、二人の男の顔に化けた。

せつらは振り子のように窓へと振り戻って、外へとび出す。

「あれ？」

そこは一階の居間だった。

物音ひとつしない。二階での死闘とは別の世界なのだ。

「〈魔界都市〉か」

ある考えが閃いた。

「広がりたくても広がれない」

この屋敷に留まるかぎり、黒い奈落と化した志賀巻は、自らを外へと拡大することはできないのではないか。

それでは、せつらと鐘鬼が逃げおおせた説明がつかないが、彼だけを選択的に封じ込める力が働いていると考えれば、筋は通るだろう。

誰かが知っているのだ。

志賀巻を外へ出すまいと意図するものが。

「しかし、出してくれないと」

外につないだ糸からはなんの手応えもない。

——ひょっとしたら、志賀巻が強大になりすぎたのか？

全宇宙すら食らい尽くす存在なら、誰の手にも負えまい。

「うーむ」

と首を傾げたとき、眼前三〇センチほどの空間に、ぽっと黒い孔が開いた。

戦慄がせつらを捉えた――かもしれない。

「何とかの葉を使え」

鐘鬼の指示を聞いても、茫洋たる表情は変わらなかったからだ。

「今はおれが抑えてる。だが、おれも同化しつつある。お互い消せねえんだ。まとめて消滅させるしかねえ」

「墓へ戻れませんよ」

「仕方がねえ。もともとおれが甦ったのは、こうなるためだろう。早いとこ片づけろ。でねえと、もうすぐ世界の誰もおれたちを止められなくなるぞ」

「やれやれ」

せつらがこう言うまで、少し間があった。鐘鬼との別れには、それなりの感慨があったのか。

「それでは」


「ああ――早いとこ――」

眼前の孔が歪んだ。輪郭が手の形を取って押し寄せる。

反対側から伸びた手が、その手首を掴んで引き戻した。

「早くやれ」

鐘鬼が叫んだ。

せつらはコートの内側から、虹色の小瓶を取り出して蓋を開けた。

黒い粉末が一服分入っていた。

黒い手が迫って来る。

ぴたりと止まった。

何かがそこにいた。いや、やつらひとりだ。彼だけだ。

そうだ。

いや。違う。

「黒い孔の主よ」

と彼は言った。

同じ声で別の声で。

「私に会ってしまったな」

黒い手が明らかに慄き、しかし、すぐに美しい若者へと走った。

その指がすべてつけ根から断ち切られた。

声にならない苦鳴を放って、手は孔に吸いこまれた。すう、と孔が縮まった。

——気がついたか

せつらは前へ出た。

しまったと思った。また別の場所に——!?

何も起きなかった。

二歩進んで、せつらは黒い粉を同じ色の空間へ撒いた。

世界が変わった。

居間にはすべてが揃っていた。

黒檀の棚やルノワールの真筆、シャンデリアに囲まれた革製のソファに、傲慢そうな男が腰を下ろして、コーヒー・カップを片手に新聞へ眼を通している。大理石のテーブルの向こうにいるのは外国人だ。どちらも〈新宿歴史博物館〉で見た顔だ。

瑞鳳寺男爵と——ベルギーのブリュッセルから招かれた魔道士だ。

——完成したばかりか

ここは過去のエッシャー邸なのだ。

「わかった」

せつらは二人の頭上を越えて、窓へと身を躍らせた。

「あばよ」

テーブルの上に開いた小さな孔から、鐘鬼の声がした。

庭に舞い下りて、せつらは真っ先に四方へ〝探り糸〟を放った。

間違いない。現在の空間だ。

エッシャー邸はもうないのだ。

〝ボルギーナの葉〟粉末とは、時間遡行——過去へ戻る薬だったのだ。

志賀巻も鐘鬼も、時間を行き来する力は備えていなかった。

しかし――

「未来が変わったら」

とせつらはつぶやいた。過去を食い荒らす妖物たちの行為は、未来にも影響を与えずにはおくまい。

腕組みをし、

「うーむ」

その声を夜風が運び去り――何かにぶつかった。

「――せつらさん」

可憐(かれん)な声が呼んだ。

通りの方から人形娘と、とんでもなく太った二つの人影が近づいて来る。地響きをせつらは感じた。

「やったわね、ぶう」

外谷良子は頭上で両手を組み合わせて振った。

「力を貸したわさ」

トンブ・ヌーレンブルクは自慢たらたらで胸を張ったが、上手(うま)くいかなかった。太すぎる。

真っ先に前へ来た人形娘が、

「ご無事でしたか？」

と喜びにかがやく瞳を向けた。

「何とか――でも」

「〝ボルギーナの葉〟を使ったね。過去へ行った奴らが暴れたら、と思ってるんだろう？」

トンブの言葉にうなずくと、

「ご安心ください。この未来には影響がありません」

と人形娘が明るい声で告げた。

「だって、これまで何も起きていなかったじゃありませんか」

「そう、か」

「これは、時空間と次元にかんする理論のひとつですが、過去を改変しようとした者は、魔道士の中に幾らでもいたのです。ですが、ガレーン様のお言葉によれば、全員失敗しました。過去の改変を謀(はか)った者は、その瞬間、改変された未来が存在する時空間へと跳ばされてしまうのです」

「?」

「とにかく、別の次元――世界へ行ったと考えてください。そこでは、彼らの行為が成果を上げ、宇宙は残らず食い尽くされているのです」

「――或いは、〈新宿〉だけかもね」

トンブがつけ足した。不愉快そうである。人形娘の、ガレーン様が気に入らないのだ。それを百も承知の発言であった。

「〈区外〉も、この国も、――宇宙全体が食い尽くされる世界もあるでしょう。無限の中にはあらゆる未来を持つ世界が含まれます。でも、ここは平気です――危機は去りました。あなたのお力で」

誇りと感動を込めた視線からせつらは眼をそらせて、エッシャー邸のあった場所を見つめた。

「夢か幻か――そうだったかも」

「あの――」

人形娘が心配そうに、

「――どうかなさいました?」

「何でも」

「なら、一杯やろうよ、ぶう」

と外谷が笑顔で言った。

「今夜はウォッカがぶ飲みパーティよ」

「魔法酒もご提供だわさ」

とトンブが片手を虚空へ突き上げた。

「飲んだ奴は、みんなロバに化けちまうんだ。売りとばして、〝HAKONE〟へ行こうだわさ」

「ロバより豚さんのほうが高く売れますわよ」

と人形娘も楽しそうであった。

せつらは肩をすくめて、

「行こう」

先に立って歩き出した。

そのかたわらを、浮き浮きと人形娘が進み、後ろのでぶたちは、いくらで売れるのかしらね、コマで一〇〇〇円はいけるわさ、さばくルートなら任しときと販促に励んでいる。

せつらは頭上を仰いだ。
月が出ている。
満月に近い。
その端が急に欠けたような気がして、
「迷惑だよね」
凄絶（せいぜつ）なひとつの未来に、思いを寄せたのかもしれない。

〈注〉本書は月刊『小説ＮＯＮ』誌（祥伝社発行）二〇一七年六月号から十月号まで掲載された作品に、著者が刊行に際し、加筆、修正したものです。

編集部

あとがき

年齢(とし)のせいか、繰(く)り言(ごと)が多くなって来た。付き合ってもらおう。

過日、山口雅也(やまぐちまさや)さんが編集した「奇想天外」スペシャル版二冊の発売記念トークショーに出席した。

「奇想天外」（以下「奇天」）とは、「SFマガジン」についで創刊された、しかし、SFばかりではなく、ミステリ、ホラー、映画、ロック評論も含めたバラエティ・マガジンともいうべき雑誌で、四度に亘(わた)って休刊と創刊を繰り返した。

当時、作家になるなどとは考えたこともない私は、サンリオ文庫でぼちぼち翻訳も始めており、奇想天外社刊の「超SF映画」を入手したのを契機に（このとき、頭へ来る一件があったが）、神楽坂(かぐらざか)近くの編集部を訪れ、何か翻訳させてくれと申し入れた（そのときの編集長の曽根忠穂(そねただお)氏と話しこんでいた小太りの男が、後の夢枕獏(ゆめまくらばく)氏である）。

最初の仕事は、「奇天」の別冊「SFミステリ大全集」に載せた「九本指のジャック」（アンソニー・バウチャー）で、後に「レイ・ブラッドベリ大全集」の〝ブラッドベリクロニクル〟等も手がけている。

当時原稿を書いていた朝日ソノラマ社の「宇宙船」のライターやイラストレーターにも出席を願って、まだ未開発分野であった海外SFやホラーの紹介を行ったのもこの頃だ。ところで、この稿執筆のかたわらで、来日したトランプ大統領がシンゾーくんとゴルフをやったやらないで揉(も)めているようだ。何故こんなことを書くのかというと、「奇天」の編集長・曽根忠穂氏のイメージがトランプ氏そっくりだったような気がするからである。長いことお目にかかっていないので、勘違いかもしれない。そうだったらごめんなさい、曽根さん。

ご存じのとおり、「奇天」はやがて日本SF専門誌となり、新人賞も主催し新井素子(あらいもとこ)氏や、牧野修(まきのおさむ)氏等の逸材(いつざい)を輩出(はいしゅつ)した。

私は創作の記憶が全くなく、

「その点では無縁だったなあ」

と思っていたところ、前述の山口氏から、

「ありますよ」

と言われて仰天(ぎょうてん)した。後に氏から雑誌を見せていただいたところ、確かに「魔界都市ブルース」の一編「夜歩く」を書いている。これは、ロスの夜に訪れたダイナーでの記憶を元にした作品で、個人的にもお気に入りの一編であった。

これで私と「奇天」との関係は終わる。長篇も依頼されたような気がするのだが、会社がつぶれてしまったため、空中分解してしまったようである。

ちなみに、山口氏とのトークショーは、あいにくの台風の日で、朝からどしゃ降り。トークショーそのものは大変面白かったが、当日、そこへ着くまでが決死隊であった。ショーの開催地点は「ライブワイヤ」なるお店であり、東新宿にある。あの辺なら家の庭だと思っていたのだが、それは十年以上前の話であって、現実の街は丸きり様変わりしていたのである。

地下鉄の出口を出たら、

「あらー」

さっぱりわからない。通りではあるものの、どっちが新宿かすらわからないではないか。

道行く人に訊いてもはっきりせず、ついにタクシーに乗ったら、眼と鼻の先であった。雨のせいもあるが、変貌ぶりが凄すぎる。火をつけてやろうかと思ったが、どこへつけていいのかもわからず、中止せざるを得なかった。

「ライブワイヤ」の周囲は、趣向を凝らした店が多くあり、少し先には映画のポスター等も売っている古書店もひっそりと営業していたりして、私の大好きな街である。それがわからないとは。

そののち、トークショーの楽しさがなかったら、私はしばらくの間、

「ここが好き」

と屋根裏の片隅で膝を抱えていただろう。

とりとめもない「あとがき」になってしまったが、新宿は私の知らぬ間に〈新宿〉化しているという話なのであった。

二〇一七年　十一月六日
「ラ・ジュテ」（'62）
を観ながら

菊地秀行

ノン・ノベル百字書評

キリトリ線

黒魔孔

黒魔孔

なぜ本書をお買いになりましたか（新聞、雑誌名を記入するか、あるいは○をつけてください）

- □ （　　　　　　　　　　）の広告を見て
- □ （　　　　　　　　　　）の書評を見て
- □ 知人のすすめで
- □ タイトルに惹かれて
- □ カバーがよかったから
- □ 内容が面白そうだから
- □ 好きな作家だから
- □ 好きな分野の本だから

いつもどんな本を好んで読まれますか（あてはまるものに○をつけてください）

●**小説**　推理　伝奇　アクション　官能　冒険　ユーモア　時代・歴史　恋愛　ホラー　その他（具体的に　　　　　）

●**小説以外**　エッセイ　手記　実用書　評伝　ビジネス書　歴史読物　ルポ　その他（具体的に　　　　　）

その他この本についてご意見がありましたらお書きください

最近、印象に残った本をお書きください		ノン・ノベルで読みたい作家をお書きください	

1カ月に何冊本を読みますか	冊	1カ月に本代をいくら使いますか	円	よく読む雑誌は何ですか	

住所					
氏名		職業		年齢	

あなたにお願い

この本をお読みになって、どんな感想をお持ちでしょうか。

この「百字書評」とアンケートを私までいただけたらありがたく存じます。個人名を識別できない形で処理したうえで、今後の企画の参考にさせていただくほか、作者に提供することがあります。

あなたの「百字書評」は新聞・雑誌などを通じて紹介させていただくことがあります。その場合はお礼として、特製図書カードを差しあげます。

前ページの原稿用紙（コピーしたものでも構いません）に書評をお書きのうえ、このページを切り取り、左記へお送りください。祥伝社ホームページからも書き込めます。

〒一〇一-八七〇一
東京都千代田区神田神保町三-三
祥伝社
NON NOVEL編集長　日浦晶仁
☎〇三（三二六五）二〇八〇
http://www.shodensha.co.jp/bookreview/

NON NOVEL

「ノン・ノベル」創刊にあたって

「ノン・ブック」が生まれてから二年一カ月、ここに姉妹シリーズ「ノン・ノベル」を世に問います。

「ノン・ブック」は既成の価値に〝否定(ノン)〟を発し、人間の明日をささえる新しい喜びを模索するノンフィクションのシリーズです。

「ノン・ノベル」もまた、小説(フィクション)を通して、新しい価値を探っていきたい。小説の〝おもしろさ〟とは、世の動きにつれてつねに変化し、新しく発見されてゆくものだと思います。

わが「ノン・ノベル」は、この新しい〝おもしろさ〟発見の営みに全力を傾けます。

ぜひ、あなたのご感想、ご批判をお寄せください。

昭和四十八年一月十五日

NON・NOVEL編集部

NON・NOVEL —1038

魔界都市ブルース　黒魔孔(こくまこう)

平成29年12月20日　初版第1刷発行

著　者　菊(きく)　地(ち)　秀(ひで)　行(ゆき)

発行者　辻　浩　明

発行所　祥(しょう)　伝(でん)　社(しゃ)

〒101-8701

東京都千代田区神田神保町 3-3

☎ 03(3265)2081(販売部)

☎ 03(3265)2080(編集部)

☎ 03(3265)3622(業務部)

印　刷　萩　原　印　刷

製　本　ナショナル製本

ISBN978-4-396-21038-0　C0293

Printed in Japan

祥伝社のホームページ・http://www.shodensha.co.jp/